[三]晡

集韻卷之二

翰林學士兼侍讀學士朝請大夫尚書左司郎中知制誥判祕閣兼判太常禮院群牧使上柱國濟陽郡開國侯食邑二千二百户賜紫金魚袋臣丁度等奉

敕脩定

平聲二

十○虞𡗜 元俱切說文騶虞也白虎黑文尾長於身仁獸也食自死之肉一曰安也度也助也樂也亦姓古作𡗜吳俗作騶非是文三十二

鸆 [三]鷜鸆鳥名常在澤中象主守之官通

[三]鸆　[四]刪

〔二〇〕匈

〔二四〕匈　〔二五〕詈　〔二六〕信

〔二九〕也　〔三〇〕盱

桙 器也六秋傳杅不穿一曰因杅〔二〇〕奴地名漢有因杅將軍或作桙 邘䢿 國名周武王子所封河內野王縣西北有邘城亦姓或作邘 汙 水名在鄭西南項羽擊秦軍汙水上 衺〔二一〕衧 說文諸衺也一曰大掖衣或作□亦書作袴 骭〔二二〕骬 廣雅䯏骭缺盆骨也或作骬

謣謣〔二三〕 說文妄言也或从夸 吁 歎也 盱 艸名爾雅盱〔二四〕虵牀 秆 禾不秀

鋘 汲器 舁盬 種樓田器或作盬 ○ 訏 匈〔二四〕于切說文詭譌也一曰訏〔二五〕譽齊楚謂詭〔二六〕曰訏一曰大也文五十一 謣譃 妄言或作譃 吁号 歎也驚〔二七〕也古作号 盱

䀎 說文張目也一曰朝鮮謂盧童子曰盱或作䀎 昫 說文日出溫也 煦昫〔二八〕煦瞜

笑也或省 欸 廣〔二九〕倉欨欸〔三〇〕通作盱 欨呴 說文吹也一曰笑意一曰欠也或作呴 姁

〔三一〕聑　〔三二〕䍀　〔三四〕䩗　〔三五〕「葉」　〔三六〕軌　〔三八〕與　〔四〇〕盱

姁媮美也 頨 頨頨頭動皃 瞘〔三一〕 張耳有所聞 忓侉 說文憂也或从夸通作盱

疓㽹 博雅病也或从亐通作肝 旿紆〔三二〕 商冠名或从糸 蘁 煦也太玄陽蘁萬物

祇 大祫〔三三〕謂之祇 䩗 輨〔三四〕內環䩗也 扝 指麾也 粵 酉屬 醧 宴也

盱盻 日始旦也或作盻 雩 雩婁縣名在盧江 雩荂 說文艸木華葉〔三五〕也或作荂

虍 虎吼 紆 曲也周禮連行紆行〔三六〕李軌讀 膴 肉大臠 嘔呴 悅言也史記項羽言語嘔嘔或作呴 鮬 魚名 謳 煦也莊子於謳欲化皃 朐 朐衍戎〔三七〕名

在北地 芋 博雅大也 謣 謣與〔三八〕舉重勸力歌也 䓜 藥艸蛇牀也 煦 方言煦煆〔三九〕熱也 邘 說文周武王子所封在河內野王是也 肝〔四〇〕 肝眙縣名通作盱 姱

〔四二〕⿺尢于

〔四三〕泉

〔四四〕玉

〔四五〕⿰厄攴

〔四六〕隅

夸美皃或省　葋芓也　⿰阝句鄉名　○紆邕俱切說文詘也一曰縈也亦姓文二十　迂說文避也　⿺尢于〔四二〕說文股⿺尢于也李陽冰曰體屈曲　扜說文指麾也　靬博雅靬謂之鞶　鞴字林鞬也胡人謂之鞴　⿰衤區衣〔四三〕泉頭　陓藪名秦有楊陓在扶風汧縣西　盓盤盓旋流也　雩䨒雩暴雨　蓲艸名　虶蚨虶蟲名蚰蜒也　醧宴也　汚深也　亍大也禮況于其身　穻牖也　⿱穴區山名　謣妄言也　鰸魚名　謳齊歌也　○區虧于切說文踦區藏匿也一曰處也屈也一曰王〔四四〕十曰區亦姓文十八　⿰阝區　嶇　岴說文敘〔四五〕也一曰⿰阝區⿰阝區〔四六〕不安或作嶇岴　⿰足區跛也　驅　敺　毆說文馬馳也古作敺或作毆俗作駈非是　摳褰裳也　軀

〔四七〕魚

〔四八〕遼

〔四九〕魚

〔五〇〕蘬

〔五二〕三

〔五三〕於　桴

〔五四〕鄭　柂

〔五七〕東　苿

⿰骨區說文體也或从骨　鰸說文魚名狀如鰕〔四七〕足長寸大如叉股出遼〔四八〕東　鮬魚名以鮬子而黑俗呼為〔四九〕嫗江東謂之妾魚　夸　姱奢也或从女　蓲蓲蘬〔五〇〕華皃　嘔嘔夷水名在并州　鷗水鳥　○拘　佝　句　𢍉恭于切說文止也或作佝句𢍉文二〔五二〕十三　斪〔五四〕爾雅斪斸謂之定　捄說文盛土放〔五三〕梩中一曰擾也引詩捄之陾陾一曰桴也　[illegible]　[illegible]〔五五〕　仇說文才也或作[illegible]仇　䀠　眗左右視也或作眗　蚼蟲名方言蚍蜉齊魯之間謂之蚼蟓　[illegible]說文目邪〔五六〕也一曰矢長六指　跔踕跔跳躍一曰偏舉一足曰踕跔　俱說文偕也一曰具也　駒　驕說文馬二歲曰駒或作驕　岣岣嶁衡山別名　⿱覀具〔五七〕說文菜香也　⿰石瞿磫⿰石瞿礪石　鮈鮈鮇魚名　痀曲脊　救禁也

騂牽也　矔闕人名漢有矔丘　攫攫踈枝葉敷布皃　翑說文羽曲也　⿰馬瞿〔八一〕馬行也　廱倉也　眗眗町正〔八〇〕西戎君長號　㜹蠻夷歌一曰女字　懼恐也

朐地名在河南　眗左右視　蒟艸名實可爲醬　○敷傅芳無切說文施也引書用敷遺後人一曰陳也散也或作傅文八十五　尃溥說文布也或作溥

鋪陳也詩鋪敦淮濆　⿰扌敷張也揚也　⿱艹敷⿱艹傅華之通名鋪爲華皃謂之⿱艹敷〔八二〕于寶說或作⿱艹傅　荂華榮也　筟竹青皮　⿱艹否芣華盛皃或省　婄不肖　蓲

⿱艹吅蓲蕍華皃或省　莩說文艸也一曰葭中白皮　麩⿰麥甫⿰麥孚說文小麥屑皮也或从甫从孚　稃粰⿰禾付⿰米付〔八三〕說文穭〔八四〕也一曰秠一稃二米或作稃柎柎　秿〔八五〕禾

〔八〇〕王　〔八一〕怖　〔八二〕干　〔八三〕柎　〔八四〕穭

也　⿰木敷⿰木敷櫨木名葉如椿生吳蜀山谷中子上有鹽如霜　桴爾雅棟謂之桴　泭游說文編木以渡一曰庶人乘泭或作游柎坿通作桴

柎坿　椨枎華萼也〔八六〕或作扶　䑧廣雅舟也一曰艇短而深者或作⿰舟府　孚采附說文〔八七〕卵孚也徐鍇曰鳥之孚卵皆如其期不失信也古作采附

孵⿰阝孚〔八八〕卵化也陸績曰自孵而㲉从卵或从卩　俘說文軍所獲〔八九〕也引春秋傳以爲俘馘一曰取也　⿰孚鳥⿰孚鳥鳩鳥名⿰孚鳥鳩也一曰一宿之〔九〇〕鳥　殍⿰耳孚說文餓死曰殍或从耳

怤說文思也一曰悅也　⿱付女美也〔九一〕　⿱髟孚⿰孚頁美髮謂之⿱髟孚或作⿰孚頁　⿰孚毛鳥解毛曰⿰孚毛一曰氄也　⿰羽尃⿰羽甫博雅羽也一曰細毛或从甫　筟說文筳也

筳織緯者　⿰糹付⿰糹敷博雅紨綐細也一曰大絲曰紨或从敷　罦⿱罒包罘〔九二〕爾雅罦覆車也

〔八六〕　〔八七〕鍇　〔八八〕脬　〔八九〕聝　〔九〇〕鴔　〔九一〕色　〔九二〕罟

〔九四〕髻　〔九五〕𣪹　未　〔九六〕足　〔九七〕鶘　〔九八〕垺　〔九九〕玉　〔一〇〇〕網

今曰翻車有兩轅中施罥以捕鳥或从包从否　鯙　蘆鯙魚名似鰌而細文　豧　說文豕息也

郛　垺　埰　說文郭也或从土古作埰　⿰庯阝　鄜　說文左馮翊縣或作鄜　郙　亭名在汝南上蔡

庯　說文石間見也　苻　艸之莩甲通作孚　蚹　蛇腹下齟齬也

枹　艸名爾雅楊枹薊　髯　博雅髮〔九四〕也　𣪹〔九五〕　䍖　博雅培也瓦未燒者或从垺〔九八〕　懯

懯懯急速皃　鵂　鳥名山海經基〔九七〕山有鳥三首〔九六〕三翼名曰鶘鵂　膊　界垺也太玄福則有膊

⿰王敷　琈　⿰王敷琈美玉〔九九〕也或作琈　犃　牛玄脣謂之犃　綒　麤網〔一〇〇〕也　紑　繒色鮮　⿰木敷

⿰米尃　粉餌或省　⿰女敷　嫥　娐　女字或作嫥娐　捊　擊也　○膚　肤　風無切皮也美也或作肤文三十二

枹　說文擊鼓杖一曰枹罕〔一〇一〕羌縣名　跗　趺　胕　⿰足不

足也或作趺胕跗　夫　說文丈夫也从一大一以象簪也周制以八寸爲尺十尺爲丈人長八尺〔一〇二〕

故曰丈夫　扶　側手曰扶春秋傳扶寸而合通作膚〔一〇三〕　妋　貪皃〔一〇四〕　簠　簠簋祭器　秩

再〔一〇五〕生稻　袪　帙　紩〔一〇六〕　說文襲袪也博雅袪襓劒衣一曰衣前襟或从巾从糸　鈇　說文莝斫刀

玞　碔砆〔一〇七〕石次玉山海經會稽山下多砆石通作夫　拊　闕人名漢有張山拊　柎

椨　不　枎　艸木房爲柎一曰華下萼或作椨不枎　⿱艹膚　艸名博雅地葵地膚通作膚

邞　說文琅邪縣〔一〇八〕名純德　鶘　鵂　鳥名山海經基〔一〇九〕山有鳥狀如雞三首六足六目三翼名曰鶘鵂

或从隹　疛　病腫　鳺　䳕　鳺鴀鳥名或从隹　鮁　說文鮇魚也出東萊

鬍　美髮　⿱髟付　鬗〔一一〇〕露　○扶　𢻱〔一一一〕　馮無切說文左也一曰相也亦姓古从支文三十六

〔一〇六〕玞　〔一〇七〕莩　〔一〇九〕鶘　〔一一〇〕鬘　〔一一一〕𢻱　支

〔一二〕疏　〔一三〕榑　〔一四〕分　〔一五〕負　〔一六〕渠　〔一九〕⿰木符　〔二〇〕皃　〔二一〕⿰齒夫⿰齒庶　〔二二〕瞿

扶說文扶疎〔一二〕四布一曰木盛皃榑說文博〔一三〕桑神木日所出⿰木符柎艸木花房
或作柎枹枹罕地名符說文信也漢制以竹長六寸〔一四〕分相合亦姓苻艸名爾雅
苻鬼目莖似葛葉員〔一五〕而毛子如耳璫一曰戎姓芙芙蕖〔一六〕荷也通作扶蒐蒐蓲〔一七〕艸名生下
田根可食夫⿰言夫語端辭或从言颫〔一八〕大風也通作扶⿰氵鳧水名出桂陽泭
⿰氵符編木以渡〔一九〕或作⿰木符通作柎泭坿藥石白石英也一曰益也紨說文布也一曰
粗細鳧〔二〇〕鳥名說文舒鳧鶩也玞玉名⿰黑夫博雅⿰黑夫⿰黑無蚕也瓿小〔二一〕罌蚨
說文青蚨水蟲可還錢衭衭襓劒衣通作夫匍手行也〔二三〕⿰鼓夫鼓聲也書傳〔二五〕乃
鼓⿰鼓夫譔罦⿱罒否覆車罔也或从否涪涪陵地名鳺鳺鴀〔二四〕鳥名痡博雅

〔二七〕蕆　〔二八〕艸黄　〔三一〕冡　〔三二〕弘　陝

短也一曰病也邦縣名在琅邪⿰耳夫希望也胕腫也⿰女符女字○無
无亡武橆〔二六〕微夫切說文亡也奇字作无无通於元者王育說天屈西北爲无或作亡
武橆文三十八毋說文止之也从女有奸之者亦姓蕪說文〔二七〕薉也莁木名爾雅
莁荑〔二八〕蔱蘠一曰白蕢⿰竹無黑竹也巫⿱巫⿰⿱⿻⿻舞說文祝也女能事無形以舞降神者象人
兩褎舞形古者巫咸初作巫亦姓古作⿱巫⿰⿱⿻⿻舞誣說文加也譕誘詞也⿰忄巫憮
㲣也方言楚〔二九〕曰⿰忄巫憮郭璞曰物之行敝或从無憮空〔三〇〕也⿰忄某爾雅愛也膴無骨腊
瞴瞴瞜微視璑說文三采玉墲〔三一〕冡地⿰阝無說文弘農〔三二〕陝東陬也⿱罒舞
⿱罒無罟屬或省鷡鵐⿰巫隹鴾鷡鳥名鴽也或作鵐⿰巫隹蝥蟱鼄蝥蟲名或作蟱

〔一三五〕撫
〔一三六〕「也」
〔一三八〕也〔頚〕
〔一四〇〕婢　姊
〔一四一〕于

嵍〔一三四〕瓦 務務婁邑名 蕪蕃蕪艸木盛皃 瞀雊瞀縣名在上谷 芜艸名
攺〔一三五〕橅也 橅法也〔一三六〕也 ⿰石無䃤⿰石無石也 ○須鬚詢趨切說文面毛也或从〔一三七〕
髟徐鉉曰借爲所須之須俗作鬚非是文二十四 頿 ⿰立頁〔一三八〕也 ⿰立芻 𥪖說文待也或省亦作
⿰立芻𥪖 需說文頿也遇雨不進止也〔頚〕引易雲上於天需一曰疑也俗作需非是 ⿰糸頁⿰巾勺⿰糸頁
繒頭也 繻 緰 愉 ⿰糸焉說文繒采色一說帛邊也〔一三九〕漢制以爲關門符信春秋傳紀履繻或从
俞亦作愉⿰糸焉 嬃說文女字也引楚詞女嬃之蟬〔一四〇〕媛賈侍中說楚人謂女曰嬃 娵人闕
名荀卿子有閭娵子奢 蕦艸名爾雅臺夫蕦 ⿰鹿需博雅⿰鹿需也 嬬說文弱也一曰下妻
鑐 ⿰金須鎖牡也或作⿰金須 隃陵名一曰越也 襦短衣 濡水名〔一四一〕春秋傳盟於濡

〔一四二〕嗺
〔一四三〕崴
〔一四四〕侚
〔一四六〕春
〔一四七〕陌

上 ⿰糸須廣雅絆也 ⿱竹須魚笱 ○趨 ⿰足芻逡須切說文走也鄭康成曰行而張足曰
趨或从足俗作趍非是文六 鯫淺鯫小人皃 趣趣馬養馬者周禮趣馬一曰嚮也 騶
馳也 取取慮縣名在臨淮 ○諏 ⿰言奏遵須切說文聚謀也一曰諮事爲諏或作⿰言奏文
十三 ⿰口取韱⿰口取不廉也 嗺〔一四二〕高皃 ⿰山取⿰山取⿰山禺高厓也一曰山石相向皃或書作嵌〔一四三〕 陬
隅也 娵星名爾雅娵觜之口營室東壁也 掫擊也 取取慮縣名 娶闕人
名烏孫王岑娶 ⿰糸取青赤色 ⿰立取〔一四四〕徇⿰立取羸也 ⿰足取〔一四五〕足不相過 ○輸〔一四六〕春朱切說
文委輸也文九 郇說文清河縣 隃陵名 俞漢侯國名欒布所封一曰人名莊子
俞兒古之識味人 ⿰夌毛 ⿰臾毛 ⿰俞毛氍⿰夌毛織毛也或作⿰臾毛⿰俞毛 ⿱日俞博雅⿱日俞〔一四七〕謂之⿰巾妥陌

〔一四八〕閃 [illegible]

〔一四九〕螋

〔一五〇〕蔞 〔一五一〕莍

〔一五二〕箠

揄〔一四八〕門揄傾皃 ○毹氍𣯷毺 雙雛切織毛蓐氍毹者曰毾毲〔一四九〕或作毺毹毺文十七

㡏⿰革俞 說文正耑裂也或从革 橾 說文車轂中空 螋〔一四九〕蝬 蠷螋多足蟲或作蛟

鎪 刻鏤 蔬 菌名爾雅出隧蘧蔬形似土菌生菰艸中郭璞讀 萸〔一五〇〕茱〔一五一〕萸椒子 聚生成房皃

浚 博雅㬥也 䉤 說文飯筥也受五升秦謂筥曰䉤 ⿰麗毛 毛磔起皃

八荒中有毛人如猴毛長毿氍東方朔說 娶 闕人名荀卿子有閭娶子奢 ⿰俞刂 割也 ○

樞 春朱切說文户樞也文十二 趎 闕人名莊子有南榮趎 筞 博雅篳〔一五二〕雙謂之筞

袾祋⿰殳女姝 說文好佳也引詩靜女其袾或作祋⿰殳女姝 ⿰骨區 骨名 橾 車轂空謂之橾

蓲 艸名 嘔 怒聲 ⿰衤區 枲頭衣 ○芻蒭 窻俞切說文刈

〔一五五〕豢

〔一五六〕桊

〔一五四〕以

艸也象包束〔一五三〕艸之形亦姓或从艸俗作[illegible][illegible]非是文六 犓 說文〔一五四〕从芻莝養牛引春秋國語犓豢〔一五五〕

幾何俗作[illegible]非是 ⿰木芻 廣雅⿰木芻〔一五六〕秦枸也 㗜 叱聲 媰 女字 ○朱 鍾輸切說文赤心木松柏屬一曰丹也亦姓文十四

邾 地名漢衡山王吳芮所都 絑 說文純赤也引虞書丹朱如此一曰赤色繒

珠〔一五七〕 說文蚌之陰精引春秋國語珠以禦火災 侏 侏儒短人一曰伶侏古樂人名

祩 博雅詛也 咮 說文鳥口也一曰讘咮多言 鴸 鳥名似鴟

㹨〔一五九〕 獸名山海經耿山有獸狀如狐而魚鱗有翼名曰㹨獳通作朱 袾 衣身曰袾 [illegible] 鄉名

鮢 魚名山海經鮢鱅似鰕無足 株 株檽短柱通作侏 硃 丹砂 ○⿰亻芻 莊俱切偛傷小人皃文五

䅳 博雅稷穰謂之䅳 苴 姓也漢有苴氏 ⿰舟芻 艍艄海船

〔一六〇〕几

〔一六二〕啄

搊解也〇殊慵朱切說文死也漢令蠻夷長有罪當殊之一曰絕也文十四銖說文權十分黍之重也一曰十黍爲絫十絫爲銖几〔一六〇〕說文鳥之短羽飛几几然象形殳說文以杸殊人也禮殳以積竹八觚長丈二尺建於兵車旅賁以先驅杸說文軍中士所持殳也引司馬法執羽从杸𦨣𦨣艛過水版一曰橫木渡水洙說文水出泰山蓋臨樂山北入泗趎闕人名莊子南榮趎𥝩方言㽋陳魏宋楚之〔一六一〕間曰𥝩茱說文茱萸茱屬朱朱提縣名在犍爲鮢魚名似蝦無足株株梂木名可爲車輞陎陎隇縣名〇雛鶵崇芻切說文雞子也一曰生噣雛鳥子生而能自啄〔一六二〕者或作鶵俗作雏非是文九𥟖廣雅稷穰謂之𥟖俗作𥞥非是媰孎婦謂之媰崔子玉曰惠於媰嬬𥣫

〔一六三〕牝

〔一六四〕偁

〔一六五〕涿

〔一六六〕秖

〔一六七〕落

豭牡〔一六三〕豕也或作豱騶廄御也一曰騶虞獸名或作𧇊㑳偛㑳小人皃〇儒汝朱〔一六四〕切說文柔也術士之偁或作傌文三十濡說文水出涿〔一六五〕郡故安東入漆涑一曰霑溼也或作溤襦禡說文短衣也一曰羅衣方言襦自關而西謂之祗〔一六六〕裯或作禡繻帛邊也一曰細密網一曰綅繻美繒皃嬬博雅妻謂之嬬一曰婦人弱也懦說文駑弱者也漢倪寬懦於武或作愞嚅吺咮囁嚅言也或作吺咮顬耳穴動謂之顳顬臑肱骨也一曰衣名襦者本取臑義醹厚酒䰭鬼魌聲不止𪋃鹿子曰𪋃獳朱獳獸名如狐魚翼鱬魚名山海經即翼之澤其中多赤鱬其狀如魚人面食之不疥穤火色一曰色憧也〔一六七〕燸温也燒也蠕蟲行皃薷

木耳 鑐金鐵銷而可流者通作濡 需㓱韋柔滑皃或作㓱 孺幼弱也屬也
檽榑梁上短木或作榑 ○株追輸切說文木根也文二十 邾說文江夏
縣 誅說文討也一曰責也 㦵博雅殺也一曰戈名 䵓[一七〇]穀名博雅䵚䵓麻也 跦
博雅蹢躅跦也一曰鳥跳行皃 袾衣好也一曰衣身 䅵博雅黐䅵黏也 鼄蛛
蟲名說文鼅鼄也或从虫 鴸𨾇鳥名山海經柜山有鳥狀如鴟而人手或从隹 禂爲牲
祭求肥說也鄭康成讀 侏大也 騶夷國名通作邾 朝朝邦[一七三]縣名 姝好皃
袾詛也 䇬說文梓[一七四]雙也 絑纁純 ○貙椿俱切獸名說文貙𧴀似
貍者文五 𨚗欋邾也或从木 趎闕人名莊子有南榮趎 踰跙踰獸走皃

〔一六九〕也
〔一七〇〕根
〔一七一〕說
〔一七二〕邦
〔一七四〕梓

○廚重株切說文庖屋也一曰箭室一曰斯條國有廚木汁肥可用煮[一七五]餅文九 躕蹰
跦跢踟躕行不進也一曰志往[一七六]跦而行止或省亦作跦跢 趎闕人名莊子有南榮趎
裯幮幬[一七七]帳或作幮 幬幔轂之革也 ○慺慺龍珠切悅也一曰慺慺謹
敬皃古作慺文二十九 瞜眗瞜笑也一曰瞴瞜微視 膢褸[一七八]說文楚俗以二月祭飲食
也一曰祈穀食新曰離膢一曰臘祭名或从示 摟曳也聚也一曰挽使申通作婁 婁嘦
牽也一曰愚[一七九]也亦姓古作嘦 𣯛博雅𣯛罽也或書作氀 𤟞貗豕求子謂之貗或从
豕 𨞀說[一八〇]文南陽穰鄉 鷜𩀟鳥名爾雅鷜鵱鵝[一八一]今野鵝或从隹 鱋魚名 蔞
蔞說文艸[一八二]也可以亨魚一曰艸中之翹翹者或作蔞 鏤屬鏤劍名 漊漊漊雨皃

〔一七五〕煑
〔一七六〕跦
〔一七七〕幮
〔一七八〕褸 膢
〔一八〇〕穰
〔一八二〕亨

〔一八六〕⿰氵臾

〔一八七〕媢

〔一八八〕冢

一曰飲酒不醉 膢 䏭膢遏氷版 蔞 埋倉山巔也或書作嶁 瘻 瘻痀傴脊也
屢 數也詩削屢馮馮 劉 殺也漢禮立秋有貙劉 貗 獸名字林貗子也 樓
離樓參差兒通作婁 螻 天螻蟲名 慺 窻也 慮 取慮縣名 ○ 俞 容朱切說
文空中木爲舟也一曰然也亦姓文六十九 逾踰趍 說文越進也引周書無敢昏逾〔一八五〕
或作踰趍 㣃 行兒 渝 說文變汙也一曰渝水在遼西臨俞東出塞一曰本巴國亦州名
⿰氵臾〔一八六〕 汙也 愉婾 說文薄也引論語私覿愉愉一曰樂也和也或从女 輸 博雅餘也
⿰忄臾 憂也 睮 睮睮媢兒〔一八七〕 覦 說文欲也 ⿵門俞 闚⿵門俞私視也〔一八八〕 窬 說文穿木
戶也一曰空中 ⿱冃俞 髭⿱冃俞面衣 牏 築牆短版 堬 冢也方言秦晉之間謂之堬 隃

〔一九三〕臾

〔一九〇〕縣名在扶風 鄃 地名 嵛 嵛次山名在鴈門通作榆 瑜 說文瑜瑾美玉也〔一九一〕 ⿰王臾
美石 ⿰石臾 ⿰石俞 石名或作⿰石俞〔一九二〕 貐 貗貐獸名 榆 木名說文榆白枌 楰 木名
說文鼠梓引詩北山有楰 萸 茱萸藥艸 ⿱艹庾 庾 薢⿱艹庾艸名或省 蕍 藥艸澤蕮也
萮 ⿱艹⿰鬲俞〔一九三〕 蓲萮華兒或作⿱艹⿰鬲俞通作蕍 ⿱竹臾 黑竹 ⿰豆俞 豆變色曰⿰豆俞 臾〔一九三〕 說文束縛
捽〔一九四〕抴爲臾一曰善也一曰須臾不久兒 腴 說文腹下肥也 瘐〔一九五〕瘉 病也或作瘉 揄
⿰扌歈 說文〔一九六〕引也一曰動也一曰邪揄手相弄或从歈俗作⿸广歈非是 歈〔一九七〕 說文歌也徐鉉曰渝
水之人善歌舞漢高祖采其聲後人因加此字 炊〔一九八〕 ⿰臾欠 炊炊呼犬子或作⿰臾欠亦書作狄 諛
說文諂也 褕 說文翟羽飾衣一曰直裾謂之襜褕一曰衣美也 騟 馬雜色 羭

〔二〇〇〕蝸　〔二〇一〕㙋　〔二〇二〕抒　〔二〇四〕褕　〔二〇五〕穎　〔二〕㚇　脯　膴

說文夏羊牡〔一九九〕曰羭一曰美也　蝓蛦　蟲名說文虒〔二〇〇〕蝓也方言趙魏謂鼅鼄爲蠾蝓或作蛦　蠕〔二〇一〕色墮〔二〇二〕落通作渝　蝵　蟲名爾雅蝵醜蝵郭璞〔二〇三〕曰垂其腴或書作螸　舀抌　博雅杼〔二〇四〕也或作抌　⿰俞瓦　方言甇〔二〇五〕陳魏宋楚之間曰⿰俞瓦　愈〔二〇六〕　勝也益也老子動而愈出　梌　刺木也

愉緰　裂繒曰愉或从糸　艅　艅〔二〇七〕艅舟名　⿰牛俞　黑牛也〔二〇八〕齊建武中賜蕭穎冑白⿰牛俞牛　⿸广俞　行圊　⿰馬臾　疾也　歈　投也　喻　嘔喻和悅皃一曰嗙喻歌也　貗　豕求子或从犬　窳　鄉名在絳　○　⿺鬼需　乃俱切字林兔子也文一

十一　○模⿻大丗〔三〕橅橆　蒙晡切說文法也或从大丗亦作橅橆文二十一　摹　撫　說文規也謂有所規倣或从無亦書作摸　謨慕惎譕〔三〕　說文議謀也引

〔三〕衛上　〔四〕酺　〔五〕巾　〔六〕毋　〔八〕地

虞書咎繇謨古作慕惎譕或書作暮　膜　胡人拜稱南膜穆〔六〕天子傳膜拜而受　嫫悔　說文嫫母都醜也或作〔七〕悔亦書作嫫　⿱敄巾　車衡上衣　⿱敄酉　⿱敄酉酴〔八〕揄醬　墲　規度墓地〔九〕也方言凡葬而無墳謂之墓所以墓謂之墲　膴　無骨腊一曰法也　⿱竹無　竹黑皮　母〔十〕　熬餌也禮煎醢加於黍上沃以膏曰淳母　獏　獸名　墓　冢也　○　⿰禾尃⿰禾甫　滂模切大豆也一曰穧也或从甫文二十　鋪　說文箸門鋪首也一曰陳也　陠　衺也　⿰甫攴〔十一〕　⿰甫攴敷屋欲壞

墲　規〔十二〕度墓也　誧　博雅諫也一曰大也　痡　說文病也引詩我僕痡矣　⿰馬甫　馬名　⿺走甫　趚⿺走甫匍匐也　⿰足甫　馬蹀跡　豧　豕息　鵏　鳥名鵏也　鱄鯆　魚名　博雅鱄鯆鯆也一曰江豚或从甫　捬　說文捫持也一曰舒也擊也持也　柨　蔽柨木名

汁可食敦陳也庯[九]石文見皃㛯女字○逋𨓹奔模切說文亡也籒

从捕文二十一𧺝趚𧺝伏也晡[一〇]日加申時餔盙哺說文申時食一曰歠

也籒作盙或作哺稨刈禾庯庯庩屋不平陠博雅衺也誧說文大也

一曰人相助也謀也抪展舒也鵏𨾏鳥名或从隹[一一]𩶀魚名江豚也鯆

魚名尾有毒或从逋峬峬峭好皃痡病也鋪設也𥪡物之端

○蒲蓬逋切說文水艸可以作席[一二]一曰地名亦姓文二十苻氏姓本作蒲至苻堅更改

爲苻蒱樗[一三]蒱戲也老子入[一四]胡作䔕膊魚也一曰雉膺肉𥳑箁篇籠小竹網或

作箁𦲷捗𦲷櫨收亂艸或从手酺脯說文王德布大飲酒也或作脯匍扶

說文手行也或作扶蜅蟲名蛤也𧺝趚𧺝伏也艀艇[一四]短而深者抪持也

樸樸[一五]剶縣名在武威簠盛黍稷器周禮祭祀共簠簋鮒小魚名莊子守鮒鯢

鵏鳥膺[一六]前○蘇孫租切艸名說文桂荏也一曰薪艸曰蘇[一七]摯虞曰鳥尾也所謂流蘇

者緝鳥尾垂之若流然亦姓又州名文十三穌說文把取禾若也一曰死而更生曰穌通作蘇

俗作甦非是𢋐博雅𢋐庵也酥蘇𨡹䤹酪屬或作蘇𨡹䤹疏[一八]

粗也鄭司農曰疏食菜羹𤻡病也𢷾模[一九][二〇]也𣩁𩺰爛也或作𩺰櫯木名

可染[二一]○麤聰徂切說文行超遠也从三鹿篆从土或作麆俗作麄麁皆[二二]非是文

十粗犅[二三]大也疏也物不精也或作犅通作麤俗作麄[二四]非是䏢博[二五]雅皵䏢也趀

〔二九〕引　〔三〇〕落　〔三一〕菇　〔三四〕闍

淺度也麤說文艸履也怚心不精也史記怚而不信人通作粗駔馬壯○租宗蘇切說文田賦一曰畜也文八怚劇也趲走也苴蒩鉏茅藉祭也或作蒩鉏湫闕人名春秋傳魯有〔二七〕子服湫相相中地名在淮南○𨑥徂𨘋叢租切說文往也𨑥齊語或从彳籀从虘文十四殂𣦸殝𣦼說文往〔二八〕死〔三〇〕也引〔二九〕虞書放勛乃殂古作𣦸殝𣦼𣨛〔三一〕虘虎不柔且語辭詩匪我思且豠博雅豕也阼主階蒩苲蒩〔三二〕如艸名生下田可食或作苲○都粑東徒切說文有先君之舊宗廟曰都引周禮距國五〔三三〕百里爲都一曰摠也大也嘆也美也亦姓古作粑文十二闍堵說文因闍〔三四〕城門臺也或从土賭賭勝曰賭醏醬也肞胍肞大腹皃一

〔三五〕杖　〔三六〕停　〔三七〕平　〔三八〕稻　〔三九〕木　槖　〔四〇〕辻

曰椎之大者故俗謂杖頭大〔三五〕爲〔三六〕胍肞關中語訛爲胍檛𩌏牛牽舟謂之𩌏䈙竹名瀦渟水𦽋艸名𩳐山鬼○𤥭瑹通都切美玉或作瑹文十九㻬瑼玉名山海經小華山其陽多㻬琈或作瑼𡺲山名庩庯庩屋不平〔三七〕稌稻也〔三八〕𣏌木〔三九〕名說文木出橐山悇憛悇禍福未定也一曰憂也𧻓𧻓逋伏也𩋳鞴𩋳䩨也樗惡木𠯿吐也𡎝𨻧坼也或从阜〔四〇〕𨚕郲下邑㬰日陰也𨡊醬𨡊醬也捈博雅引也抒也○辻〔四〇〕徒同都切說文步行一曰空也眾也隸也亦姓隸作徒文五十六途墿爾雅路旅途也或作墿通作塗涂塗泥也亦姓〔四一〕嵞峹說文會稽山一曰九江當嵞也引虞書予娶嵞山或省亦書作峹涂說文水名出益州牧靡南

[四四]荼

[四五]梚 梌

[四六]析

[四七]圖

[四八]也

[四九]啚

[五〇]𪊨

[五二]鵌

山西北入澠 鍍以金飾物通作塗 荼𣘻說文苦荼也一曰茅秀郭璞曰荼樹小似梔子冬生葉可煮作羹飲今呼早采者爲荼晚取者爲茗[四五]一名荈或作𣘻 蒤州名爾雅蒤虎杖[四六]

𥠬䅷禾穗曰𥠬或从斜 梚梌木名楸也或作捈 筡䈠說文析竹筤也或作篴

圖圕說文畫計難也[四八]一曰謀古作圕俗作啚[四九]非是 屠說文刳也亦姓 瘏說文病也引詩我馬瘏矣

廜𢊆博雅廜廯菴也[五〇]一曰屋平曰廜或省 酴說文酒母也 𨡒𨡒酴醬也

駼[五一]獸名說文黃牛虎文 駼鷋爾雅鳥鼠同穴其鳥爲鵌或作鷋 𧻓跿跿跔跣也或从徒

鷵鳥名爾雅鵌鷵鷵似烏[五三]蒼白色 菟䖘檡兔春秋傳楚人謂虎於菟一曰菟裘魯邑或作䖘檡兔 𨛬𨞾說文邾下邑地魯東有𨛬城或从荼

[五三]左

[五五]匃

[五九]𩃎

[六二]鬣

[六三]頊

鄌陼說文馮[五三]翊部陽亭或作陼 捈說文臥引也 杜姓[五四]也晉有杜蒯劉昌宗[五五]讀通作屠

余檮余山名在[五五]匃奴 𤥭美玉 庩庯庩屋不平也 𩏂靡韡

𧺼悇𧺼趙伏也苦憂也 潳山名在南郡 闍地名 𨞾地名 𧦝謟詸語不了

稌稉稻也今俗尚謂稌糜酒 𣥠止[五七]也 𢿘塗也周書𢿘丹雘 嗏州名生水中

○盧𥂖龍都切說文飯器也[五九]一曰貴酒區亦姓籀作𥃑俗作𩃎非是文四十四

𥃑鑪𤮐說文𥂖也古作𥃑籀作鑪亦从瓦 鑪爐說文方鑪也一曰火函或从火火所居也

壚說文黑[六〇]剛土也 玈黸𢏳黑弓春[六一]秋傳賜晉侯玈弓矢千或作黸𢏳通作盧

黸說文齊謂黑爲黸 𩯢說[六二]文鬣也 顱髗說[六三]文頭顱

〔六四〕童

〔六五〕乀

〔六六〕癕

〔六七〕孰 弘

〔六八〕桴

〔六九〕染

〔七〇〕戟

〔七一〕筐

〔七二〕蠷

〔七四〕⿰盧隹

首骨或从骨 **矑** 目瞳〔六三〕子 **嚧**〔六四〕 嚧嚧呼豬聲〔六五〕一曰呼嚧笑也 **攎** 說文挐持也一曰引也張也斂也 **歔** 欿歔欺也 **⿸疒盧** 癕〔六六〕病也 **⿸广虜** 廡也 **櫨** 說文柱上柎引伊尹曰果之美者箕山之東青鳧之所有櫨橘焉夏熟〔六七〕一曰宅櫨木名出弘農山 **桴** 黃桴〔六八〕木名可染〔六九〕 **纑** 說文布縷也 **瓐** 博雅碧瓐玉也 **瀘** 水名出牂柯一曰州名 **艫** 舟名說文舳艫也 **轤** 轒轤井上汲水木 **籚** **⿱⺮廬** 說文積竹矛戟〔七〇〕矜也引春秋國語朱儒扶籚一曰〔七一〕筐也大曰籚小曰籃或作籚 **蘆** 菜名說文蘆菔也一曰薺根一曰葦之未秀者 **藘** 藘蒘藥艸通作盧 **獹** 博雅韓獹犬屬通作盧〔七二〕 **鱸** 魚名 **蠦** 蜚蠦蟲名蜰也方言守宮秦晉或〔七三〕謂之蠦蜰 **⿱盧鳥** 水鳥 **⿰盧支** 博雅離也 **鸕** **⿰盧隹** 鳥名說文鸕鷀也或作⿱盧鳥〔七四〕 **⿸虍爪**

集韻平聲二　十八

〔七五〕瓠 匏

〔七六〕于

〔七七〕⿸厂砮

〔七八〕頶

〔七九〕从虍

〔八〇〕壺

〔八二〕⿰木壺

〔七五〕瓠⿰盧瓜匏而圓者 **勴** 助也 **來** 徠也山東語 **⿰鼠盧** 鼠名 ○ **奴** **伖** **仅** 農都切說文奴婢皆古之皋人引周禮其奴男子入〔七六〕於罪隸女子入于舂藁徐鉉曰又手也持事者也古从人或作仅文十一 **孥** 子也通作帑 **帑** 說文金幣所藏也 **駑** 駘也 **砮** 〔七七〕**⿸厂砮** 說文石可以爲矢鏃引春秋國語肅慎貢楛矢石砮古作⿸厂砮 **笯** 籠也 **努** **伮** 勠力也或作伮 ○ **胡** **頶** **⿰口固** 洪孤切說文牛顫垂一曰戈戟內柄處一曰虜惣稱一曰何〔七八〕也壽也亦姓或作頶⿰口固文六十二 **乎** **虖** 說文語之餘也一曰疑辭舒辭古作〔七九〕虖 **壺**〔八〇〕 說文昆吾圜器也象形从大象其蓋也亦姓〔八一〕 **⿰壺瓜** 器也爾雅康〔八二〕瓠謂之甈一曰瓠丘瓠讘竝晉地名 **葫** 蒜名一曰彫葫菰米也 **⿰木壺** 棗大而銳上者爲⿰木壺通作壺 **瑚** 珊瑚似玉而赤

集韻平聲二　十八

〔八四〕麪

〔八五〕𨠣　互

〔八六〕喉

〔八七〕被

〔八八〕大

〔八九〕楊

〔九〇〕鮕

色作樹形　鍸鈷 黍稷器夏曰鍸商曰璉周曰簠簋或作鈷通作瑚　瓳 博雅甗瓳甗甋也

餬䬸 說文寄食也或从古亦書作餮　鬻餬 說文饘也或〔八三〕作餬通作餬　黏粘

𩱦麰糊黐粰𪐴 說文黏也一曰煑米及麪〔八四〕爲鬻或作粘黏〔八五〕麰糊黐粰𪐴

杇鋘釫捊 泥鏝也塗工之具或作鋘釫捊　醐𨠣 醍醐酥之精液或从互

𤸎𤵺 𤸎瘦物在喉〔八六〕中一曰物螯也或作𤵺　嘝 啗嘝聲也　弧 說文木弓也一曰往體寡來體多曰弧　箶竽 竹名或作竽　䉉 稜也　衚 衣被〔八七〕也或書作褏　湖 說文火〔八八〕陂也〔八九〕揚州浸有五湖浸川澤所仰以灌漑也　鮕〔九〇〕 海魚也似鯿而大鱗肥美多鯁一曰出有時吳人以爲珍即今〔九一〕時魚　沍〔九二〕 漫沍水皃　狐 說文祆獸也鬼所乘之有三德其色中和小前

〔九三〕臼　𪕴

〔九五〕鄐

〔九六〕𦼮

〔九七〕蜂

〔九九〕張

〔一〇〇〕叧

大後死則丘首亦姓　𪕴鼳猢 說文斬𪕴鼠黑身之〔九三〕胥若帶手有長白毛似握版之狀類猿蜼之屬或作鼳猢亦書作𪕴〔九四〕　鶘 鵜鶘鳥名好羣飛沈水食魚　鴮鸐 鵜鴮鳥名似雉青身白頭或从隹　㘥 咽喉也太玄爲暇㘥　屝 履也　𨂍 𨂍〔九五〕跪夷人〔九六〕踞節禮　𦼮 艸名　盬 器也　𤝘 犬聲　鞹 鞹簏箭室通作箶　蝴 蟬〔九七〕屬　𡹕 山名　婟 女字或从乎　㫫 冠名　𦋞〔九八〕 𦋞環帷〔九九〕帳起皃　○孤㼋 攻乎切說文無父也一曰侯王謙稱一曰負也或作㼋文四十八　辜𦓃姑 說文辠也古作𦓃姑　嫴 說文保任也博雅嫴婾苟且也　姑 說文夫母也爾雅父之姊妹爲姑一曰且也　叧〔一〇〇〕 說文秦以市買多得爲叧引詩我叧酌彼金罍　酤 說文一宿酒也一曰買酒通作沽　沽

〔一〇二〕戌　〔一〇三〕升　〔一〇五〕籐　〔一〇四〕棱　〔一〇八〕「兒」　〔一一〇〕嬰

說文水出漁陽塞外東入海一曰水名在高密派說文水起鴈門葰人〔一〇二〕戌夫山東北入海觚⿰酉瓜說文鄉飲酒之爵也一曰觴受三〔一〇三〕外者謂之觚或从酉柧說文稜〔一〇四〕也一曰柧棱殿堂高處通作觚箛博雅笳〔一〇五〕籐箛也一曰竹簡小兒所書一凵方也⿱竹⿰禾瓜說文吹鞭也急就章箛篍起居課後先⿱竹⿺辶瓜笟以篾東物或作〔一〇七〕箛苽菰說文雕苽一名蔣或作菰菰說文艸多皃江〔一〇六〕夏平春有菰亭⿰古瓜菇王瓜也或作菇⿱大瓜大也胍大腹肝胍⿰月韋埤倉⿰月韋膞大脯也軲博雅輅軲車也一曰山名亦姓軱軱戾大骨一曰槃結〔一〇八〕骨〔一〇九〕「兒」呱⿰口辜說文小兒嗁聲引詩后稷呱矣或从辜⿰金辜鏌⿰金辜矢名通作姑骷巫骷祠名在靈陽越人祀之也一曰嬰〔一一〇〕兒病鬼爲巫骷橭牡〔一一一〕橭木名山榆也一曰橭梲木枝四布通作枯

集韻平聲二

〔一一二〕鹽　〔一一三〕⿰夸瓜　〔一一四〕權　〔一一五〕⿰古鳥　〔一一七〕枝　〔一一八〕挎　〔一一九〕惟

鹽〔一一二〕陳楚謂鹽池爲鹽罛罛說文魚罟也引詩施罛濊濊或从孤鈲鐵鈲鴣⿰古隹鷓鴣鳥名出南越其鳴自呼〔一一三〕常南飛不北或从隹蛄蟲名說文螻蛄也枯荼也⿰夸瓜⿰夸瓜䫂漢侯國名在河東估專權〔一一四〕也結結縷艸名⿸虍古博雅息也皐〔一一五〕槖皐地名在壽春孟康讀⿰阝瓜地名愇怯也○枯空胡切說文稾也引書惟箘輅枯木〔一一六〕名也文十九姑說文枯〔一一七〕也一曰槁也橭橭梲木〔一一九〕四布刳說文判也挎持也易刳〔一一八〕木爲舟禮挎越內弦⿰忄夸博雅惟⿰忄夸怯也挎方言〔一二〇〕挎揁揚也跍蹲皃弙滿引弓也⿰夸阝⿰夸阝首地名軲依軲山名一曰輅軲車也亦姓〔一二一〕鮬魚名⿰月古博雅⿰月古⿰女高〔一二二〕曝也胯博雅奎也奎者兩髀間骷廣雅骷〔一二三〕髆⿰骨可也桍木名

一曰空也頡領車鈷鈷餅䇢箆也○呼戲乎戲荒胡切說文外息也一說於呼嘆辭亦姓或作戲乎戲通作虖嘑文三〔二二〕十九虖謼說文嘑虖也或从言評說文召也通作呼嘑嘑說文唬也或作嘑亦姓歑說文溫吹也虍䖈說文虎文也一曰未〔二六〕見皃古作䖈雐說文鳥也䰧䰧說文鬼皃或省膴說文無骨腊也揚雄說鳥腊引周禮有膴判〔二七〕一曰大也幠芋說文覆也一曰大也有也或作芋恗廣雅怯也一曰憂也葫菜名大蒜也苸艸名滹濾〔二八〕滹惡滹浮滹池水名或作濾滹惡滹浮通作虖軤姓也盱眝張目也或作眝晇日始出皃誇博雅〔二九〕大也垀埒也枰木名憮憮然失意皃一曰傲也鄜地名𢢨𢢨怴夸誕也

〔二三〕紈　〔二四〕箋

〔二五〕唬

〔二八〕濾

嫭婦人美皃歑喜也○吾吾訛胡切說文我自稱也一曰御也一曰捧〔三〇〕名亦姓古作吾文〔三一〕三十九吳𡗜說文姓也亦郡也一曰吳大言也徐鍇曰大言故矢口以出聲〔三二〕古作𡗜俗从口从天非是齬〔三三〕齒不齊娪埤倉美女也鋘鋙鉏鋙山名出金可作刀以切玉或从吾珸〔三四〕珸博雅琨珸石之次玉者或作珸梧說文梧桐木一曰櫬亦姓𥬲竹名或省䓊𧂇茣說文〔三五〕艸也引楚辭有䓊蕭艸或作䓊茣浯說文水出琅邪靈門壺山東北入濰䑁〔三六〕船名郚說文東海縣故紀侯之邑也峿〔三七〕峿嶇峿山皃或从吳㹳〔三八〕猤獸名如猿善啼或从吳麌獸名牡麕也鼯䳱鼳〔三九〕鼠名狀如小狐似蝙蝠肉翅亦謂之飛生又姓或作䳱鼳蜈蜈蜈蚣蟲名或作蜈䱱鯃䱱鮈

〔三〇〕捧　〔三一〕吳　〔三二〕齬　〔三三〕鋘　〔三四〕珸　〔三五〕蕭　〔三六〕䑁　〔三七〕峿　〔三八〕猤　〔三九〕鼳

[一四〇]从　[一四二]池　[一四三]烏　[一四四]于　[一四五]杇　楧　[一四六]柹　[一四七]撓　鄉

[一四〇]漁名或人吾　鰲魚之大者　牾獸名　驁騀驁馬名　祦福也　浯戎人名唐
有鐵[一四一]利鞢鞨浯地蒙　[一四二]頡大頭也　甌甌也　唔魁唔壯大皃[一四三]　○烏於𦥑
紟汪胡切說文孝鳥也孔子曰烏眄呼也取其助氣故以爲烏呼古作於𦥑紟亦姓文三十四
惡安也通作烏　鴮雓鴮鸅鳥名或从隹通作洿　鯃鯃鱡魚名九月寒鳥入水化爲
之　螐螐蠋蟲名似蠶通作烏　洿汙說文濁水不流也一曰[一四三]窊下或从[一四四]千　杇圬
釫楧說文所以塗也秦謂之杇[一四五]關東謂之槾或作圬釫楧　樢樢椑木名青柹[一四六]也出長沙
蔦蔦蘦艸名荻也　弙說文滿[一四七]撓弓有所向也　扝引也　鎢鎢錥温器　瑦石似
玉者　⿰車烏博雅⿰車烏頭柳車也　歍嗚說文心[一四八]有所惡若吐也一曰口呴也或作嗚　鄔

集韻平聲二　一二三

[一五〇]刀　[二]斉　[三]齎　[五]禼

集韻平聲二　一二二

縣名在太原　陓楊陓秦藪名　蝁田蟲　弧曲也周禮無弧深杜子春讀　雩[一四九]地名
春秋傳秦人侵吳及雩婁陸德明讀　⿰石烏小嘷　窏窏洿卑下也　盓盤盓旋流　⿰烏刂
除[一五〇]田艸刀　⿺走烏走輕皃　○侉尤孤切怪僻也文一
十二○亝齊亣前西切說文禾麥吐穗上平也象形一曰等也中也疾也水旋
而深入也一曰國名亦姓或作齊亝俗作斉[二]非是文二十　齎說[三]文肶臍也或書作臍通作齊　齌
好也材也　齏[四]說文等也　癠爾雅病也　懠怒也　嚌鳥哀聲　齏齏𧒋蟲名或書
作蠐　鱭魚名出漢水似鯉而小　麡獸名如麋角前俯入林則挂常在平野　鉘鏤說文
利也或　櫅木名白棗也　濟濟濟祭祀容　禼[五]闚人名列子禼扃周穆王車右　齌
从妻

〔一六〕蒴　剑

〔一九〕嗚

〔二一〕煙

炊餔疾也劑刎前劑也古作刎○西卥卤卤先齊切說文鳥在巢上象形日在西方而鳥棲故因以爲東西之西亦姓古作卥卤卤文二十七棲栖鳥棲或从西通作西屖遟說文屖遟也或从辵粞米碎曰粞㯕說文㯕㯕也撕提撕也嘶馬嘶〔一九〕凘〔二〇〕流冰燍經〔二一〕燍焦皃[忄斯]惿[忄斯]心怯也䜈說文悲聲也一曰善也或書作謕𡢽女皃犀獸名說文南徼外牛一角在鼻一角在頂似豕一曰瓠中一曰兵器堅也亦姓鼶鼠名[屖刂]剌也廝澌說文散聲或作澌郪郪丘地名在齊[斯瓦]瓦破聲或省㸺犤㸺短皃㾷痠㾷痛也○妻妛千西切說文婦與夫齊者也从女从屮从又又持事妻職也古作妛文十六萋說文艸盛皃引詩萋萋萋萋淒說文雲雨起也引詩有渰

〔一五〕鷶

〔一八〕懠

〔一九〕韲韲　醯　爲

〔二〇〕銻

淒淒凄寒凉也霋說文霽謂之霋悽說文痛也〔二四〕齌𡝩等也或作𧦅緀說文白文皃引詩緀兮斐兮成是貝錦郪地名鶈𩀅博雅鶈鵹怪鳥屬或从隹齌炊餔疾也雌牝也莊子猨猵狙以爲雌〔二五〕棲棲棲簡閱車馬皃○齎賫牋西切說文持遺也或作賫文二十八齎說文材也躋〔二六〕隮齊跻陞陵峉說文登也引商書予顛躋或作隮齊跻陞陵峉〔二七〕懠[忄賫]懠疑猶猜疑也或从賫呰弱也擠排也櫅說文木也可以爲大車軸一曰白棗𩐎齏韲齍說文齏也鄭〔三〇〕康成曰凡醯醬所和細切爲齏一曰擣辛物爲之或作齏齏齎通作齊俗作齏非是齌炊疾銻[金妻]利也或从妻麡獸名似麋齍受黍稷器周禮贊玉齍劉昌宗讀搢插也〔三二〕[矢此]博雅稗[矢此]短也

〔二五〕栘

〔二六〕綷

〔二七〕歷

〔二八〕徥

〔二九〕到

〔三〇〕羊

鍗切也嚌鳥聲○栘〔二二〕戍巂切木名唐棣也文一○𦞦臡䰕人栘切說文有
骨醢也或从難从鬲文三○氐都黎切戎種一曰宿名俗作互〔二三〕非是文四十一低俛也下也
彽彽回疑不卽進隄陡堤說文唐也或作陡堤隄亦姓岻嵨岻山名在青州
磾〔二四〕黑石可染繒出琅邪泜水名衹說文衹裯短衣也方言汗襦自關而西謂之衹裯揥
捐也觗獸角不正一曰觿也或書作䚦紙說文絲〔二六〕綷也騠駃騠良馬鞮鞮說文
革履也或从氐腣埤倉腣胿腹胅也䏿歷〔二七〕䏿強脂也趆趍也徥徥說文徥不
能行爲〔二八〕人所引曰徥徥或从奚奃說文大也亦姓鍉歃器一曰鋒也𠝢到〔二九〕也柢說文
木根詆呧訶也或作呧䬪䬪餬寄食也緹赤繒羝牴說文羊〔三〇〕也或从

〔三四〕頟

牛驒〔三一〕驒騱駏驉類趧說文提婁四夷之舞各自有曲也厎至也眡視皃䫞
頭垂下皃𡾺𡾺狐山名罠罔也𡜐女字也砥石也蝭蝭蟧蟬屬○梯天黎
切說文木階也文十九緹赤色踶蹋也𠥩匾𠥩薄〔三二〕也䖙𧇎臥也一曰虎臥息微或从
匕睇視也崹崥崹山皃謕語相誘鷉𩞵說文鷉𩞵也似鳧而小膏中瑩刀或
从隹𣪏唏聲一曰小笑〔三三〕焍灼龜木䫶顛䫶頭不正𠛗削也䏲臑䏲鼻〔三四〕不
正𤖏牌也鵜鵜胡鳥名㡗幱㡗帴也○題田黎切說文頟也一曰署也文一百
十一䚣䁜說文顯也或作䁜睼睇迎視也或从弟眱𥄇小視也或作𥄇嗁
啼㖒𠯑渧諦說文號也或作啼㖒𠯑渧諦通作謕謕方言謰謱拏也南楚

【三五】幱

【三六】𨓟

謂之詀謕詆呧詆訶也或作呧提說文挈也媞姼媞媞安也一曰美好或作姼

折折折安舒皃禔博雅福也褆說文衣厚褆褆一曰衣好綈說文厚繒也緹

赤色締結不解也㡗博雅幱【三五】㡗謂之帊一曰赤紙㣵楚人謂慙曰幱㣵罤兔網

通作蹄䈕𥬠竹名一曰竹器或省蹏蹄踶說文足也一曰蹋也或从帝从是

𨓟𨓲𨓟𨓲【三六】行跛或从奚徲說文久也一曰後至趧說文趧婁四夷之舞各自有曲

鞮𩊚革履或从氐𧣾獸角不正䚦臥也醍𨡔醍醐也或从氐䬾餌也

兖豫謂之餹䬾䬾䬾餬寄食隄𨻳隄防或从定崹崥崹山形嶄平皃媂女字

𠩺𥗉說文唐𠩺石也从厂犀省聲或从石䨑霽雲謂之䨑一曰雨止樨槌也漽

【三八】鐵

【三九】禰

【四〇】胡　污

【四一】雅　肩

漽米瀾也或从犀䪆𤭛博雅䪆甋𤮚也或从弟磃磃氏館名一曰磄磃怪石桋

桑也今俗呼【三七】桑樹小而條長者爲女桑𢂚脩毫獸蕛稊𥟒䔟𥣅稊

艸名說文蕛英也郭璞曰蕛似稗布地生或作稊稊䔟穉稊蕛羊蕛艸名荑苐苐說文

艸也一曰卉木初生葉皃或作苐苐【三九】惿惿惿心怯銻說文鎕銻謂火齊也銕鐵謂之銕

古以爲鐵字【三八】祶衣名禰襠也𨪐鍗說文器也一曰釜鬲或从帝瑅珶瑅瑭

玉名或从弟鵜鶇鳥名說文鵜鶘汙【四〇】澤也或从弟鶗鷤鴺鳥【四一】名博雅鷤鴂子鴂

也或作鶗鴂鶙鳥名博鷤鶘眉鴂也通作鶗騠說文駃騠也孟康曰駃馬生七日而超其母

鍉歃血器鼶鼶鼶鼬鼠名或从帝𡲜【四二】辟方丈蝭螮𧌰蝭蟧蟲名

螅蛞也或作螮蛦 鮷〔四四〕魚名山海經少室山休水出焉其中多鮷魚一曰魚黑色 鮷鮧 鯷魚名說文大鮎也或作鮧鯷 是月邊也春秋傳是月者何僅逮是月也 蟬黏蟬縣名在樂浪 ⿱艹提⿱艹禔艸名或作⿱艹禔 蛦蠍蛦蟲名山雞也 腣腣胿腹肤 提犬名 遆姓也 〔四七〕鷉鸊鷉鳥名 碮砧也 ⿱弟䖵〔四八〕食苗蟲名 ⿱艹緹艸名〔四六〕蕍侯莎其子⿱艹緹通作緹 虒虒奚縣名 徲⿰彳夷屖徲休息也或作⿰彳夷 ○泥年題切說文水出北地郁郅北蠻中亦姓文十 埿屋⿰女屋塗也或作屋⿰女屋通作泥 屔埿說文反頂受水丘或作𡐎俗作坭非是 〔四九〕⿰礻尼喪禮首服 腝臡有骨醢或作臡 ⿰言尼呼也 ○黎 ⿰禾勿〔五〇〕憐題切說文履黏也作履所用一曰衆也老也或作⿰禾勿文四十六 黎犂科說文

〔四四〕馬

〔四六〕蕍

〔四八〕埊

〔四九〕柅

耕也或作犂亦省 鏫說文金屬一曰剝也 瓈玻瓈玉名 ⿱黎邑⿰黎阝說文殷諸侯國在上黨東北引商書西伯戡⿱黎邑或作⿰黎阝〔五二〕 邌說文徐也 黧⿰黎黑黑黃也或作⿰黎黑 廲廲廔綺窗也 莉艸名一曰茈莉織荊障也 蔾說文艸也 藜蒺蔾艸名 蠡盠蠡瓢也〔五三〕一曰蟲嚙木中一曰谷蠡匈奴王號或作盠蠡 鯬魚名埋倉鯬鯠鮃也 〔五四〕鱺說文魚名通作鯬 驪馬黑色 麗高句麗東夷國名 ⿰木黎木名 ⿰馬犂⿱黎馬⿰馬黎博雅駣⿰馬犂馬屬或从黎从犂 ⿰糸虒說文繫⿰糸虒也一曰維也 ⿰黎隹⿱黎隹⿱黎鳥鸝鳥名說文⿰黎隹黃也一曰楚雀其色黎黑而黃或作⿱黎隹⿱黎鳥鸝 ⿰忄詈⿰忄詈他欺謾語 蛪⿰虫黎蛦蛪蟲名似蝗大腹長角食蛇腦或作⿰虫黎 謧謧詍多言也一曰弄言 ⿰目黎視也 〔五五〕棃梨果名或作梨 ⿱𥝢車新⿱𥝢車國在匈奴北〔五六〕

〔五三〕匈

〔五四〕⿰馬犂

〔五七〕禾 木
〔五九〕堅
〔六二〕者 从
〔六三〕昬 尻

⿱黎心恨也⿱毄瓦小瓶也刕姓也⿱竹黎⿱竹利竹名或作⿱竹利⿰酉蠡醍⿰酉蠡酒滓一曰酪母○
雞鷄堅奚切說文知時畜也籀从鳥文二十一騱爾雅馬前足皆白禾〔五七〕說文
禾之曲頭止不能上稽𥡴說文留止也古作𥡴叶乩說文卜以問疑也引書叶〔五八〕疑一
曰考也或作乩通作稽楷木名如楓枅梋說文屋櫨也〔五九〕或从肙笄⿱竹是說文
簪也或作⿱竹是〔六〇〕檕木名⿰目幵躁視也⿰金𥡴博雅擊也⿰奚谷蠰谿土螽似蝗而小軿
車兩轄蚈蟲名博雅蛾也一曰螢火嗘嗘嗘聲也〔六一〕嫛女字○谿溪嵠
磎牽奚切說文山瀆無所通也一曰水注川曰〔六二〕谿或从水从山从石文十七⿰目开說文蔽人
視也一曰直視或書作昪督〔六三〕昬說文尻也鸂騱鸂鶒水鳥或作騱繫縘說文

〔六四〕⿰齒奚⿰齒夬
〔六五〕从
〔六七〕亏
〔六八〕何

繫⿰糸虎也今惡絮或作縘謑謑髁不正皃⿰齒奚博雅⿰齒奚⿰齒夬〔六四〕笥簽也螇⿰虫谿⿰虫谷蟲名
土螽也或作⿰虫谿亦省⿰目奚目動也檕梅也○醯䰞馨奚切說文酸也作醯以〔六五〕䰞以
酒以䰞酒竝省从皿皿器也或作䰞俗作⿰酉盍非是文十橀木名爾雅⿰目鬼榽橀細葉似檀俗作榼
非是⿰奚色〔六六〕⿰兮色黃病色或从兮⿰兮欠痛聲⿰忄兮方言慴⿰忄兮欺謾也⿰忄虎憪⿰忄虎赤紙⿰奚欠
歎息訳喜笑不止皃○兮弦雞切說文語所稽从丂八象气越亏〔六七〕也文二十五奚
說文大腹也一曰阿〔六八〕也亦姓胿腣胿腹大嫨說文女隸也通作奚傒闕人名春秋傳
齊有高傒謑謑髁不正皃徯待也蹊⿰田奚徑也或从田奚獸迹騱
說文驒騱馬也一曰馬前足皆白曰騱通作奚貕說文生三月豚腹貕貕皃通作豯豯

〔六九〕貉　〔七〇〕謑　〔七二〕青　〔七四〕欸　〔七三〕次　〔七五〕也　〔七六〕⿱殹石

貕養澤名在幽州　鼷 說文小鼠也一曰有螫毒者或謂之甘鼠春秋食郊牛角者是　⿰奚黽 說文水蟲也薉貉〔六九〕之民食之　螇 蟲名說文螇鹿蛁蟟也　蒵 艸名爾雅蘩莬蒵　榽 木名爾雅魄榽橀　嵇 山名亦姓　郋 說文汝南邵陵里也　谿 爾雅蠰谿蟲似蝗而小　徯 反戾也莊子婦姑勃徯　謑〔七〇〕 謑詬怒也　貕 東北夷名通作奚　⿰奚頁 頭不正〔七一〕

○鷖 煙奚切說文鳧屬引詩鳧鷖在梁文二十二　⿱殹馬 黑色馬　翳 蔭也　繄 說〔七二〕文戟衣也一曰赤黑繒一曰詞也　殹 擊中聲　⿱殹衣 〔七三〕袼次衣　⿱殹言 ⿰言兮 〔七四〕方言欸⿱殹言然也或作⿰言兮　嫛 說文婗也釋名人始生曰嫛婗嫛是也言是人〔七五〕　⿱殹土 說文塵埃也　⿱殹髟 黑髮　黟 ⿱殹木 說文黑木也丹陽有黟縣或作⿱殹木　黳 說文小黑子一曰黑也　⿱殹石〔七六〕

〔七七〕⿰豸契猰　〔七八〕婗　〔七九〕赤　〔八一〕地

瑿 美石黑色或从玉　⿰羊垔 黑羊一曰羣羊相積　⿱契木 ⿱契木檕弩楔　歅 闕人名莊子有九方歅善相馬李軌讀　⿰豸契〔七七〕猰 ⿰豸契貐獸名似貙或从犬　⿰足垂 仆也

○倪 研奚切說文俾也俾益也文二十四　⿰亻兮 ⿰亻兮⿰亻軍陽不知皃　齯 說文老人齒通作兒　婗 彌 說文嫛〔七八〕也一曰啼聲一曰婦人惡皃或作彌　⿰衤兒 爾雅衣統謂之⿰衤兒一曰女上服　輗 ⿰車宜 棿 說文大車轅耑持衡者或作⿰車宜棿　鯢 說文刺魚也郭璞曰似鮎四足　霓 說文屈虹青赤〔七九〕或白色陰气也通作蜺　蜺 蟲名說文寒蜩也一曰似蟬而小青赤　麑 猊 貎 說文狻麑獸也一曰麑鹿子或从犬从豸　鶃 水鳥　觬 角〔八〇〕曲曰觬一曰觬是縣名在西河郡　郳 兒 說文齊〔八一〕地也引春秋傳齊高厚定郳田亦姓或作兒　⿱契木 ⿱契木檕弩楔　毄

戰敗毀也㾨癡皃䙆羺䙆胡羊淣水際也○觀五圭切視也文一○圭珪涓畦切說文瑞玉也上圜下方公執桓圭九寸侯執信圭伯執躬圭皆七寸子執穀璧男執蒲璧皆五寸以封諸侯从重土楚爵有執圭一曰六十四黍爲圭古作珪文二十八閨說文特立之户上圜下方有似圭窐甗䰎𤭛甑空也或作甗䰎𤭛洼深也亦姓䞨跔䞨裂也邽說文隴西上邽也[八三]罣[八二]谷名在西縣𣢾邪皃一曰聲也胿腣胿大腹𦓐說文栟又可以劃麥河內用之[八四]一曰耕也茥艸名爾雅茥葐盆也[八五]袿釋名婦人上服曰袿其下垂者[八六]上廣下狹如刀圭湀湀闢流川也藈𤬳艸名爾雅鉤藈姑或作𤬳麈說文鹿屬鮭魚名山海經敦薨之水多赤鮭睽𥉻乖也古作

[八二]品佳　[八三]世又　[八四]也

𥉻蠲絜也明也通作圭畦田起堳埒也挂別也莊子以挂功名一曰中鉤取物哇謳歌也鑴錐也○睽傾畦[八七]切說文耳[八八]不相聽也一曰乖也文十八聧[八九]方言聾之甚者秦晉之間謂之聧一曰私叶[九〇]也奎說文兩髀之間一曰星名刲㨒刲說文刺也引易士刲羊或作㨒刲楏鋤欋也𠪾說文盾握也一曰盾皐䯓六畜頭中骨𨂝踛踽摶[九一]物皃䖯蟲名蠆也蝰蟲名蠭蛹也茥艸名說文缺盆也藈𤬳王瓜或作𤬳䞨跔䞨裂也鍷鑴也湀水通川○睳翾畦切埤倉瘠人[九二]視皃一曰健而無德一曰目瞢[九二]文四雟鳥飛皃瞜瞞[九三]瞜面有垢睢睢睢元氣皃○攜玄圭切說文提也一曰離也亦姓俗

[八七]圭　[八八]目　[八九]𥉻　[九〇]吁　[九一]摶　[九二]瞢　[九三]瞞

〔九五〕其　〔九六〕蠖　〔九七〕瓽刺　〔九八〕削　〔九九〕鳴　〔一〇〇〕闖　〔一〇一〕自

作携非是文三十八憰說文有二心也巂〔九四〕鸛鳥名說文周燕也从隹屮象具〔九五〕冠也冏聲
一曰蜀王望帝婬其相妻慙亡去爲子巂鳥故蜀人聞子巂鳴皆起云望帝或作鸛驨獸名爾雅
驨如馬一角通作巂蠵蠖〔九六〕鑴說文大龜也以胃鳴司馬相如作蠖或作鑴鑴說文
〔九七〕瓽也一曰日旁氣刺日觿角錐可用解結〔九九〕通作鑴⿰巂刂博雅〔九八〕削也⿰鬲圭窐⿰巂瓦
⿰圭瓦⿰巂瓦空也或作窐⿰巂瓦⿰圭瓦畦⿰田巂說文田五十畝曰畦或作⿰田巂酅說文東海之邑
一曰阪險名通作巂蜀嶲毒〔一〇〇〕姓也一曰蜀闖梁四公子名或作嶲毒纗⿰糸雟
說文維網中繩或作纗黊說文鮮明黃也眭⿰目巂目惡視或从巂⿰目幵直視也或
書作⿱目幵讗〔一〇一〕目伐也⿰食巂方言餽也⿺辶巂說文⿺辶巂⿺辶巂也瓗赤玉⿰衤巂一幅

〔一〇四〕甈　〔一〇六〕枑　〔一〇七〕紕

巾⿰木巂柃⿰木巂燒麥具栘木名棣也⿰忄巂心不平鞋糸也⿱規巂鑴也通作
鑴⿰車巂車輪轉一周爲⿰車巂通作巂○烓⿱雨烓〔一〇三〕淵畦切說文行竈也一曰明也或作⿱雨烓文
六⿰巂瓦甈空〔一〇四〕也洼曲也莊子似洼者窐深也⿰黑圭汙也○⿰足卑⿰足弟邊迷
切博雅⿰足卑豆踠豆也或作⿰足弟文三十六⿱艹毗⿱艹肶蓖艸名說文蒿也一曰⿱艹毗麻或作⿱艹肶蓖椑
椑斷小木也一曰木下枝通作椑梐⿰木⿱非土說文梐枑〔一〇六〕也或作⿰木⿱非土笓箆篳博雅箄筌謂之
笓一曰可以約物或作箆篳⿰木毘楣也錍箭鏃⿰金毘釵也⿰巾毘博雅⿰巾毘惔慊也一曰車帷
綼⿰糸⿱非土紕并也事謬織疏也或作⿰糸⿱非土紕⿰言坒⿰言⿱非土誤也或作⿰言坒綼綼紕〔一〇七〕短也
陛狴⿰阝毘陛牢謂〔一〇八〕之獄或作狴⿰阝毘棲栖也⿰角卑牛角橫〔一〇九〕螕⿱毘䖵說文齧牛

〔一一一〕峬　〔一一二〕反

〔一一三〕鎌

〔一一五〕榼　〔一一七〕罌

蟲也或作蟲 椑 椑榼飲器 性性 意併也或作性 媲 嬰媲小皃 俾 使也

皀 齊也 狴 狴犴獸名 崥 崥峬〔一一一〕山皃 ○ 𢪍批 篇迷切說文手〔一一二〕擊也或作批文

十五 笓 取蝦具 梐 梐木或書作柴 鵧 鵧鴀鳥名 𠜱𠜹 削也或从皀 錍

鈚鉳鎞 方言箭鏃廣長而薄鎌〔一一三〕謂之錍或作鈚鉳鎞 砒磇 藥石或作磇 陛

陛牢獄名 䠘 博雅踦也 ○ 鼙鞞䩾 騈迷切說文騎鼓也或作鞞䩾文十九 〔一一四〕䭮

臍也 〔一一五〕膍肶 牛百葉也或作肶 槐 柖〔一一六〕也 枇 枇杷木名 玭 淮珠也 椑 說文

圜榼也一曰齊人謂斧柯爲椑 笓 取蝦〔一一六〕器 甈 說文罌〔一一七〕謂之甈 崥 崥峬山皃 蠯 蟲蛤也

周禮蠯醢徐邈讀 批 擊也助也 椑 椑櫨木下枝 砒 藥石 𩗗 風也 蚍 蟲名

〔一一八〕迷　〔一一九〕蘗

〔一二〇〕𨗨　〔一二一〕邊　媒

〔一二三〕麛　弥　〔一二四〕嫛也　〔一二五〕筡

〔一二六〕惿　迷　〔一二七〕阿　〔一二八〕奊

如虎豆綠色 ○ 迷 緜批切說文惑也文二十八 娍摵 批也或从手 〔一一九〕蒾

莢蒾艸名葉似楡 𥨍 寢鶩 罙罙宷 深入也或作罙宷 醚 麴䴾謂之醚

〔一二〇〕𨗨 𨗨頭垂皃 〔一二一〕𨘢 鹿跡一曰鹿煤 覭覭 說文病人視也或作覭 〔一二二〕嬭

㜷 齊人呼母或作㜷 醾 醭醾醬酢上白生 麛麑〔一二三〕麊䴢 說文鹿子〔一二四〕

也或从兒从弥从巂 𪓰𪓸 鼊鼊龜屬如龜而多膏或作鼊 彌 嬰彌嬰兒 籋 竹筡〔一二五〕

謎謎 言惑也或作謎 㥧〔一二六〕惿 心惑也或从迷 ○ 隄堤 直兮切防也春秋傳

弃諸隄下沈文何〔一二七〕讀或从土文二 ○ 眭 扶眭切深目皃文二 奊〔一二八〕 傾頭態也

十三 ○ 佳 居膎切說文善也文二 街 說文四通道也 ○ 膎 戶佳切說文脯

也一曰吳人謂腌魚爲膎膴文十一　鮭吳人謂魚菜揔稱　鞵鞋說文革生鞮也或作鞋　揳挾也扶也　⿰衤奚埤倉衣袖也　⿰忄彖說文怨恨〔三〕也　榽榽榼木名　邂邂逅〔四〕解說也　〔五〕嵠溪谷也　⿰忄奚慣⿰忄奚心不平　○謑訮希佳切廣雅笑〔五〕詬也或作訮文四　哇諂聲一曰喉咽結塞皃　吹欸吹氣逆　○厓崖⿰厓頁宜佳切說文山邊也或作崖⿰厓頁亦書作崕文十八　涯漄水畔也或作漄　啀嘊⿰犭斤犬欲齧或作嘊⿰犭斤　〔六〕⿰齒宜⿰齒圭齹⿰齒宜齒不齊或作⿰齒圭　猚說文鳥也一曰睢陽有猚水　睚目際一曰舉目　霂霖雨也　倪淣極際也莊子不知端倪或作淣　娾女媿也　⿸疒厓癡皃　捱拒也　○娃於佳切說文圜深目皃一曰吳楚之間謂好曰娃文十一　哇䵷說文諂聲

〔一〕惣
〔二〕名
〔五〕諂
〔六〕霂

也或作⿺走圭　⿰圭攵邪皃一曰聲也　唲嘔唲小兒言　洼漥窐說文深池也〔七〕一曰曲也或作漥窐　黳黳黊淺黑　徍徍徥邪行皃　⿰圭力逼也　○〔八〕媧嬭公蛙切說文古之神聖女化萬物者也籀〔八〕作嬭文十一　緺說文綬紫青〔九〕也　諣⿰言爾情也黠也或作⿰言爾　歄媿也弱也　腡手文謂之腡　騧⿰馬爾黃馬黑喙或作⿰馬爾　蝸蟲名　蠃也　鞋車上系　○咼喎⿰口爾空媧切說文口戾不正也或作喎⿰口爾文十三　苝　華⿰亻瓜竵不正也或作華⿰亻瓜竵　〔十一〕⿱艹爽物不齊也　絓博雅紬也　⿵門咼⿵門爾門不正開或作⿵門爾　〔十二〕⿰女奎姱⿰女奎女皃　跬半步〔十三〕曰跬　○哇獲媧切喉結塞也莊子言若哇文一　○詭玉咼切謂詭惰也文一　○竵火鼃切說文不正也文四　⿰口爾口戾皃　⿰食北

〔七〕婦
〔八〕譎
〔九〕媿

〔一四〕稗　〔一六〕墻　〔一七〕崽

食銷也　䓞姓雜皃　○鼃　蛙烏蝸切蟲名說文蝦蟇也或作蛙亦書作䵷文九
洼　窐深也或作窐　䖯蟲名說文䵷也　𥟩　𦓺耕也或从耒　哇淫聲
鮭鮭蠪神名　○〔一五〕牌蒲街切博雅簿牌籍也文十五　簰　箄　簞大桴曰簰或从
水亦省　郫縣名　犤牛名　鯙魚名博雅黑鯉謂之鯙　蠯　蠯　蠯蚌狹而長
者或作蠯蠯　猈　𤝐闕人名春秋傳楚有史猈或作𤝐　脾牛百葉周禮脾析徐邈讀
陴城上〔一六〕墻　鵯鵯鶋小鳥名　○䁞　覭莫佳切說文小視也或作覭文六　𢤷
博雅𢤷諞慧也　䩈䩈鞵履也　𢢞𢢞惈心不平也　𡞱意黠也　○〔一七〕崽所佳
切博雅子也一曰呼彼稱文六　諰思意一曰語失　籭盪具　𦋹鹿米也　簁竹器

〔一九〕叉　〔二〇〕差　差　〔二一〕稍　〔二二〕頭　〔二三〕㪗　〔二四〕斷　〔二六〕槎

觬角中骨　○〔二〇〕釵初佳切岐笄也文十七　〔一九〕叉手指相錯　差　𢀩
說文貳也不相值也一曰擇也亦姓籀作𢀩　𠜾稍〔二一〕小　𢼜埤倉〔二二〕鞴釵箭室　杈枝也　𩓨
〔二二〕顦頭頭彡　𦜆脯𦜆服也　趖起也　甐博雅甐瓾磨也一曰盾瓦滌器　艾州名　艖
舟名或从叉　扠打也　𦨣艖也　砦小石　○柴鉏佳切說文小木散材徐鍇曰師行
野次豎散木為區落名曰柴籬亦姓文十二　祡說文燒柴燓燎以祭天神引虞書至于岱
宗祡古文从隋省通作柴　茈　𦯬茈葫藥州或作𦯬　齜說文齒相齘也一曰開口見齒
皃或書作齹　喍喍㗊犬鬭皃　𤗺瘦也　𥫉積也　䪎　䪎說文連車一曰
却車抵堂為䪎一曰塞也或作䪎　〔二五〕𥋃博雅𥋃〔二六〕也　〔二六〕槎衺斫也春秋國語山不槎蘖

〔一七〕攄 三 〔一八〕尼
〔一九〕乿
〔二〇〕皆
〔二一〕陛 〔二二〕牡
〔二三〕稾

○扠摅摅佳切以拳加物或作摅文二跐蹋也○覣居佳切覣䙈胡羊文四捝搦也說埋倉詁說言不正脫楚人謂乳爲脫○攎莊蛙切擊也文一○蘂从佳切艸名地莢也文一○踂蘖佳切蹟踂行繚戾也文二悝悝恂自容入也

十四○皆皆居諧切說文俱詞也或作皆文二十八偕說文彊也引詩偕偕士子階堦說文陛也或从土瓂牡瓦謂之瓂楷木也孔子冢蓋樹之者薢州名爾雅薢茩芙茪荄說文州根也䕸稭禾稾去皮穎或作秸䫛疾風也通作喈湝說文水流湝湝也一曰湝湝寒也引詩風雨湝湝鍇白鐵謂之鍇

〔二七〕鶛
〔二八〕佳
〔三〇〕廉
〔三一〕䫂 〔三二〕祴
〔三四〕蒈

瑎黑石似玉碏石名腊說文臞也痎說文二日一發瘧喈說文鳥鳴聲一曰喈喈和聲嚌嚌嚌衆聲鶛鶛鳥名爾雅鶛其雄鶛或从隹蝔蟲名猥狗也知雨則翳葉垓壇級祴堂涂鄭氏曰若今令辟祴䲒黑竹核木名蠻夷以其皮爲篋媘女字○揩𢽳丘皆切揩擪摩也或作𢽳文五䋙說文大絲也偕俳偕行惡𥻿米別名○俙休皆切說文訟面相是文二貓獸名○挨挨英皆切推也擊也或作挨文四唉應聲黖深黑色○諧雄皆切說文詥也文十四龤說文樂和龤也引書八音克龤通作諧骸說文脛骨也瑎說文黑石似玉者蒈艸名如著鞵履也湝水流皃騞說文馬和也蝔

蟲名將雨輒出淮南呼爲雨母偕偕偕強壯皃梩博雅梩臿也○鍇九江謂鐵

爲鍇敱〔一五〕裁至也䃈石名○霥宜皆切南陽謂霖曰霥文一○荞菲〔一六〕

乖公懷切說文戾也睽也或作菲乖文九𦫳羊角也𠦃說文背呂也象脅肋

形痱疥疾絓博雅紬也〔一七〕菲艸名䃬碎也○匯枯懷切水回爲澤文六

攨𢹂博雅攨拔拭也或省𠡷𠡷劤有力皃𥮥竹箭𨳿門邪也○𧆓〔一八〕

㿉呼乖切𧆓饋馬病或作瘝文六僓順也傀〔一九〕大也莊子達生之情者傀㑌訟面

相是也豨獸名○崴烏乖切崴嵬不平也一曰山形文十碨磈壞〔二〇〕碨磊石不

平皃或作磈磦瀤泋瀤水不平皃溾溾溇濊濁也𪕟䶇䶇鰛鱰戎鹽也或

〔一五〕敱

〔一六〕𦬺　菲

〔二〇〕𧀽

〔二一〕磈

作䶇𪕟洼曲也莊子似洼者○懷乎乖切說文念思也一曰人情也一曰來也又

州名亦姓通作褱文二十褢𧞣褱說文袖也一曰藏也在衣爲褱在手爲握或作褢褱

褱說文「曰」〔二二〕俠也一曰橐也𡣵安和也櫰木名葉大色黑者名爲櫰一曰中曲之山

有櫰木如棠貟葉赤實〔二四〕大如木瓜食之多力槐說文木也淮〔二三〕說文水出南陽平氏桐柏

大復山東南入海亦姓瀤說文北方水也鱰䶇鰛鱰戎狄之鹽或作䶇蘹

艸名鼃蟲名蝦蟇也嵬〔二五〕㠢嵬崴嵬不平或作𡾰嵬𥱶高竹節𥶊

牛名人目而四角䃶石不平也壞壞隤地名○崽山〔二六〕皆切子也方言江湘間凡言

是子謂之崽自高而侮人也文四揌散失也簁〔二七〕竹器緦〔二八〕繻兒○差〔二九〕初皆

〔二二〕「曰」橐

〔二四〕大

〔二五〕褱

〔二六〕色

［三一］𩞄　［三二］作

［三三］衛　［三四］簣

切貳也擇也文四　趌起也［三〇］　𨌷連車也　搓推擊也　○𪗋齋齊亝𩕃𪗋莊皆切說文戒潔也［三一］隸作齋齊古作亝亝籒作𩕃或作𪗋文十　嚌嚌喹笑皃　齌博雅好也　梩臿也　𪗲𪗲齷齹不齊　○豺犲狀皆切說文狼屬狗聲或作犲文六　麡獸名似鹿而小角長五尺　儕說文等輩也引春秋傳吾儕小人　輂說文連車也一曰却車抵堂爲輂　𡾊山名在平林　○排蒲皆切說文擠也［三三］一曰推也文九　俳說文戲也　輫方言車箱楚衛之間謂之輫　牌篁牌籍也［三四］　猈狗屬　啡吹也　碩曲頤　猅犬短首謂之猅　棑盾也一曰桴也　○薶貍埋謨皆切說文瘞也或作貍埋文八　霾霾說文風雨土也引詩終風且霾或作霾　[illegible]少也

［三五］瓶　［三六］憧　［三七］尼　［三八］憧　［三九］穎　頟　［四〇］𥉖　［四三］楚　𤭛　［四四］蓑　［四五］毸

𤡉慧也　𤭢［三五］瓶也　○𪘏［三六］椿皆切博雅𪘏𪗉𪘍也文三　梩［三七］枯木根　牴獬牴　獸名性忠直　○搋［三八］忡皆切以拳加物文一　○𢮦足皆切博雅揩摩也文二　𡝰美　○儽幢乖切倲儽馬病文二　絔［三九］頟胅皃　○䐯盧懷切䐯膗形惡文二　也［四〇］　𥉖視也　○頚［四一］𩑈孽皆切大面皃或作頩文二　○膗腄崇懷切䐯膗形惡或作腄　文三　𢷬方言損也［四二］　○唲［四三］塢皆切嘔唲聲也文二　諰呼彼稱　○嶏匹埋　切山陊聲文一　○䃜崇懷切娫也文一　○蓑［四四］所乖切蓑蓑艸木䔒茂皃文二　毸［四五］毛稀垂皃　○唻賴諧切唱聲文一　○徥度皆切徃徥行皃文五　𨘢頭垂皃　𨑬艸木葉垂　汰沙汰擇也　𦳝除艸也　○黧力皆切黧黧淺黑文一　○𡝰直皆

〔二〕娃　〔三〕又　〔四〕洃　〔五〕洩　〔六〕讀　〔八〕大　〔九〕侯　〔一〇〕蓬

切烓媁媚皃文三　抵擠也　咦笑皃　○梩都皆切木名文一

十五　○灰呼回切說文死火餘夷从火又手也火既滅可以執持文十六又　脢

夾脊肉易咸其脢王肅讀　𠩺　𢪘相擊也或作扻　讙譟也　豗　𧰲　鼿豕發土也

或作𧰲鼿　虺　𨗜　瘣虺隤馬病或作𨗜瘣　燜爛也　洃洩粉　𦬕艸名　咴

聲也　皓髮皓落也劉昌宗說　○恢　𢙿枯回切說文大也謂志大也或作𢙿文十四

𡌅說文大也一曰多也　詼譏戲　𧺝邪足　悝說文啁也引春秋傳有孔悝一曰病也私

也　𩓞倉頡篇相抵觸也一曰醜也一曰大頭　魁　櫆說文羹斗也或从木魁一曰北

斗首　塊墣也一曰獨處皃　盔器名　𥱊箭竹　鄃漢國名　筱廣雅筱蓬

星

〔一二〕隩　〔一四〕紐　〔一五〕褱　〔一七〕姑

畚也　○隈　隗烏回切說文水曲隩也一曰厓內爲阻外爲隈或作隗文二十二　渨

說文沒也　渨博雅渨溾濁也一曰回淵　椳說文門樞謂之椳　揋掎也　㟪山曲

䚈角曲中　畏弓淵也　鰃魚名　颹　䫿低風謂之颹或作䫿　煨說文

盆中火也一曰煻火曰煨　𦄂斷色絲兩細中而糾之　偎愛也一曰北海之隅有國曰偎

人　𡟖女字　葨艸名　愄中善　崴　嵬崴嵬不平皃或作嵬　碨石不平

𧧈呼聲　○傀　瓌　儴　傀姑回切說文偉也引周禮大傀異或作瓌儴傀

傀通作瓌文二十一　瑰　瓌　璝說文玟瑰一曰圜好一曰瓊瑰石次玉或作瓌璝　櫰

木名爾雅櫰槐大葉而黑　蒐菜名　鞼韋繡文　瘣病也　膭肥也　槶　簂

〔一八〕篚　〔二〇〕玫　〔二一〕色　〔二二〕宫　〔二三〕郏　〔二四〕腫大

篚〔一八〕也或从竹　[月豈]畜胎也　敳闕人名隤敳高陽氏子〔一九〕　愧博雅愧幃緣也　[石褱]小石　廆山名在中山西　[口褱]呼也　○回囘違韋胡隈切說文轉也一曰邪也一曰回中地名亦姓古作回或作違韋俗作迴非是文二十七　佪徊俳佪不進皃或从彳通作回　洄說文淶洄也　瑰璝〔二〇〕玫瑰火齊珠或从貴　[火有]光〔二一〕也　[有皿]小甌　蛕蚘蛔痐說文腹中長蟲或作蚘蛔痐　槐木名守官〔二二〕也亦姓　瘣病也一曰腫旁出　茴藥艸防風葉也一曰茴香　郲〔二三〕鄉名在睢陽或書作[豸回]　[馬回]馬名　[石褱]石不平皃　蚚強蚚蟲名　恛昏亂皃太玄疑恛恛　[月鬼]脂[月鬼]腫〔二四〕大皃　潰溢也散也　繢采色鮮　蒐艸名芋之惡者曰蒐　○鮠吾回切魚名鮧之小者文

〔二五〕干　〔二六〕小　〔二八〕厗　〔三一〕雁　〔三四〕毋　〔三〇〕𠂤　〔三五〕檄

十五　[酉危]醉皃　桅舟上帆〔二五〕　嵬巍峞爾雅石戴土謂之崔嵬或作巍峞　椳門樞　溰博雅溰溰霜雪也　磑磨也　腢髃肩前也或从骨　敳闕人名隤敳高陽氏子　魏魏然獨立皃〔二六〕　隗阢高皃或从兀　○塠[土誰]都回切落也或从誰文四十五　[石𠂤]磓以石投下或从追　追[王𠂤]治玉也或从玉　搥[扌𠂤]博雅搥[扌室]擿也或作掉　雁〔二七〕厗〔二八〕[厂𠂤]說文屋從〔二九〕上傾下也或作厗[厂𠂤]　𠂤說文小𠂤〔三〇〕也象形　[火有]光也　堆雁〔三一〕洎垍𨸏聚土或作雁洎垍𨸏　[山雁]說文高也　敦〔三二〕說文怒也詆也一曰誰何也　[敫皿]歃血器　鐓說文下垂也一曰千斤椎或書作[敫金]〔三三〕　㘴坐皃通作敦　頧母〔三四〕頧夏冠名通作追　[衤敫]〔三五〕檄棺覆或从木　詯[言追]諄讁也或作詯諄

〔三六〕𩈴

〔三七〕鍛

〔三八〕屦

〔三九〕汝 讉

〔四〇〕隊

𩈴𩈲𩈴面陋骀骨起䭔飴𪍿䊓丸餠也或作飴麰粘𤺃脂腫也或作

䏢䳡雀屬轛車式下木埻欑塗所覆鎚鍛〔三七〕也始媸女字或从

追陮陮隗原阜高皃𦺏艸盛皃○䡅軩通回切車盛皃或作軩文十四焞

焞盛也通作啍啍氣出皃一曰啍讙語不正𤆁推以湯除毛或从推推

說文排也一曰進也萑艸名說文萑也引詩中谷有萑蓷艸名牛蘈也高尺餘方莖葉長

穗閒有華紫縹色可以爲飲屦屦〔三八〕方言履粗者謂之屦一曰履有頸者或从委委

綏安坐也一曰執器下於心或作綏讉江南呼〔三九〕欺曰讉〔四〇〕○穨徒回切說文秃皃一

曰暴風文三十五隤頽頹墤說文下隊〔四〇〕也或作頽頹墤通作穨𢈾㢈屋傾

〔四一〕襒

〔四二〕積 从

〔四三〕順

〔四四〕弟

〔四五〕颹

〔四六〕䡆

〔四七〕按

〔四八〕手

下或作庳蹪楚人謂蹪仆爲蹪隤𪕊隤屋壞皃檄〔四一〕檄棺覆也或从木𩢍

𤸰𩢍馬病俗作𩢍非是瘣瘣瘣〔四二〕瘣倉頡篇陰病或作瘣〔四三〕瘣瘣讙譴說文

或作譴謉謉也蘈蘈牛蘈艸名或從頹儽頃也䮝說文神獸也䮝

白馬鵻鳥名鵻也憝怨也傀偉也弟〔四四〕弟靡不窮皃一曰遜伏盉器名颹〔四五〕

風饋餹饋餌名屑米和蜜蒸之也諄啍諄語不正靁靁也䡆䡆〔四六〕佪不進皃𢛪

縱弛○𤡋偎𢒉〔四七〕奴回切古之善塗塈者一曰𤡋按〔四七〕拭也或从人通作偎文七挼挼

〔四八〕手摩或从妥䤊字林一䤊飯幔以巾拭埄𦺏艸木子垂皃○靁靁靁靁

䨻䨻䨻靁盧回切說文陰陽薄動靁雨生物者〔四九〕也亦姓籀文靁閒有回回靁聲也古作䨻

畾靁䨻靁靁雷文三十六 儡說文相敗也一曰同也 櫑罍𥁰鑸䨻說文龜目酒尊刻木作雲雷象象施不窮也或从缶从皿从金籀作罍亦書作罍〔五〇〕 𤫗瓃說文玉器也或作瓃 鐳古缾也 礌擊也石轉突也通作轠 甑屋穩〔五一〕瓦也 罍罍䋘百囊若或从雷 轠轠轤不絶皃 勛勉也或書作勳 擂研物也 畾田閒地謂之畾 䴎䴎飛生鳥名籀作䴎 儽儽儽敗也一曰欺也 鄙地名 櫑木名 𣀔摧也 澑澤名通作雷 𥕏〔五二〕劒飾 䨓鬼雷 鍨鑽也 ○膗穌〔五三〕回切膗膭屋壞也文十六 挼擊也推也 鞲〔五四〕鞻〔五六〕韋邊帶或作鞻 毸毰毸鳳舞皃或从崔 嗺唆促飲也或从妥 蓑〔五五〕 萑華蘖下〔五七〕垂皃或作萑 鬈髮亂垂皃 纕〔五八〕編鷺羽為衣 鏙器名

〔五〇〕鑘

〔五一〕穩

〔五二〕𥕏

〔五三〕蘇

〔五四〕鞲

〔五五〕蓑

〔五六〕藂

〔五七〕从崔

〔五八〕縗

鏙飯也 綷五色雜 熣熣煤煙塵 ○崔倉回切齊邑名因封為姓文十五 隹 膗膗膭崩也或从片 催說文相擣也引〔五九〕室人交徧催我一曰促期 傕行急皃 趡逼也 縗〔六〇〕衰穰說文服衣長六寸博四寸直心或作衰穰 讙就也 譙適也 權木名 踓踓躍急甚也宋惟幹說 蕤〔六一〕艸木葉蕤皃 嫶女字 ○嗺祖回切嗟也一曰嗺頽口動皃文十 摧爾雅至也方言摧詹楚語 脧屦鮻赤子陰或从尸从血〔六三〕 屦粗履不借也或作屦 捘博雅按也 撮椶木節也〔六二〕或作椶 ○摧昨回切說文擠也一曰挏也折也文十四 漼〔六四〕漼漼溰雪霜積聚皃或从冫 犨牛白色 糴精米 崔𡽍礶說文〔六五〕山高也或作𡽍籀又作礶 慛博雅慛悲也 槯木名 檇〔六七〕以木有所

〔五九〕詩

〔六〇〕縗衰穰「長」穰

〔六一〕垂

〔六二〕「也」

〔六四〕漼仌

〔六五〕大

〔六七〕檇

〔六八〕璀 摧
〔六九〕匯 匯
〔七〇〕鄉 鄄　〔七一〕結
〔七三〕盃
〔七四〕坯伾岯

擣也 催 沮也通作摧 讙 就也 墔 聚皃〔六八〕堆土 ○ 桮 䣯 杯
盃 䍼 匼 匯〔六九〕 晡枚切說文𠥑也蓋今飲器或作䣯杯盃䍼匼匯文十三〔七〇〕 棓 杯 版也
或作 鄁 地名在鄄縣 伾 山名 棓 姓也漢有棓生蘇林讀〔七一〕 痞 弦病 ○
杯〔七二〕 胚 娝 鋪枚切說文婦孕一月也或从女文二十六 衃〔七三〕 說文凝血也〔七四〕或書作盃 坏
說文丘再成者 砙 培 瓦未燒者或作培通作坏 坏 伓 岯 阫 爾雅山一成或
作伾岯阫 髟 髟髿多須皃 醅 酥 說文醉〔七五〕飽也一曰酒未泲或作酥 痞 博雅
胗痞創也一曰弱也 鮇 魚名一曰魚䲙未成鱔 粧 滫粉麪爲劑 瓿 瓜瓿也
抔 手掬也 婄 博雅娸婄醜也一曰婦人皃 嫍 好色 垺 陶器範一曰大也

〔七六〕胬 肉
〔七七〕妄
〔七九〕佪
〔八〇〕右
〔八二〕負
〔八三〕六

阫 牆也莊子日中穴阫 膊 界埒也太玄福則有膊 啡 唾聲 㕻〔七六〕 肉𤕟未成醬
妦〔七七〕 人無行 ○ 裴 蒲枚切說文長衣皃或書作裵〔七八〕文二十七 𨛬 說文河東聞喜〔七九〕
縣亦姓一曰伯益之後封𨛬鄉因以爲氏後封解邑乃去邑从衣故今姓作裴 俳 徘 俳佪便旋
也或从彳 培 說文培敦土田山川也通作陪倍 鄁 崩 說文古〔八〇〕扶風鄠鄉又沛城父有
鄁鄉或作崩 倗〔八一〕 說文輔也亦姓 婄 婦容 棓 姓也漢有棓生 掊 克也 毰
毸 毰毸毛羽皃或从陪 䞞 博雅版也 碩 頯 頧 說文曲頤也或从丕从否 輫
車箱 紑 衣潔鮮皃 倍 負〔八二〕 河神名一曰倍尾山名或作負 阫 坏 牆也〔八三〕莊子日中穴阫或作坏
踣 頓趴也 陪 說文重土也一曰滿也臣也 陫 山名 菲 艸名 ○ 枚 說〔八四〕文杯

〔八五〕柟　楳
〔八六〕犬
〔八七〕网
〔八八〕酒
〔八九〕𡴈　毒
〔九〇〕䝢

切說文幹也可爲杖引詩施于條枚一曰枚箇凡也亦姓文三十　梅楳某槑果名
說文柟〔八五〕也可食亦姓或作楳某槑亦書作棄　苺艸名爾雅葥山苺　媒說文謀也謀合
二姓　禖說文祭也古者求子祠高禖亦姓　腜說文婦始孕腜兆也一曰腜腜肥也　脢
脄骸膴說文背肉也引易咸其脢一曰心上口下也或作脄骸膴　玫說文火齊玫瑰
也一曰石之美者　鋂說文大〔八六〕瑣也一鐶貫二者引詩盧重鋂　䍙說文罔〔八七〕也　煤
炱灰集屋者　坶塺塵也或作塺　䊈酶海〔八八〕本曰梅或从酉通作媒　䳱誘取
禽者　𨡕醢也　渫媒壞也或作殜　鰢魚名　𡴈〔八九〕毐艸盛上出也隸作毎　珻
玉名　䝢〔九〇〕豆萁下葉也

〔二〕𡳿
〔四〕開
〔五〕改
〔六〕皆
〔七〕~~𪗹~~

十六○咍呼來切說文蚩〔一〕笑也文八　𣢟欸〔二〕欸欸戲笑聲或作欸　𢻯〔三〕毅改
剛卯也　𤵸病也　誒說文可惡之辭　唉歎也　欸飲也○開閞丘哀切說
文張也一曰姓也亦州名古作開〔四〕通作闓俗从井非是文十二　痎瘧疾　闓明也　毅毅改〔五〕
剛卯也　侅奇侅非常也　𡖖博雅多也　㚊大也　烗熾也　䤤器名　𤢽
獸名　𥈊照也○該柯開切說文軍中約也文三十四　眩說文兼眩也博雅眩皆〔六〕咸
也通作該賅　𪗹𩪘豕〔七〕謂之𪗹或从牙　䐩肥也一曰六畜胎曰䐩　胲骸說文足大
指毛也或从骨　𢶾觸也　餩方言飴謂之餩　祴𧚪說文宗廟奏祴樂或从衣通作陔
侅說文奇侅非常也通作賅　賅貨也　姟數也十兆曰經十經曰姟　垓畡說文

〔九〕奇　脈
〔一〇〕陭　梯
〔一一〕段
〔一二〕兒　〔一三〕頷
〔一六〕塊

兼垓八極地也引國語天子居九垓之田或从田　陔說文階次也一曰隴也　郂說文陳留鄉也　峐爾雅山無艸木曰峐　荄艸根通作核　核〔八〕說文蠻夷以木皮爲篋狀如籢尊　絯博雅纏也絯束也　𧯷汔也危也　剴字林鎌也一曰摩切　㱯博雅㱯腜胎也一曰殺羊出其胎　豥爾雅豕四蹢皆白豥　頦博雅醜也　咳音〔九〕咳漢倉公脈書通作胲　痎痁瘧也　隑方言滈〔一〇〕也江南人呼梯爲隑　毅說文毅改〔一一〕大剛卯也以逐精鬼　𡖔多也　䀭目大皃　奒大也　○咳孩孙嘊何開切說文小兒〔一二〕笑也古从子或作孙嘊文十五　𦣞頤顫〔一三〕也通作頦　頦說文醜也　騂〔一四〕馬一歲　郂邑名　骸〔一五〕〔一六〕也一曰糜中瑰　軆躴軆體長皃　㨟觸也　趕說文留意

〔一七〕毒　妻
〔一八〕白
〔二〇〕齧
〔二一〕牡

也一曰將走有意留　豥豕白足　鱧魚名博雅蜅蟹雄曰鯢鱧　侅飲食至咽曰侅莊子侅溺於馮氣　○哀於開切說文閔也亦姓文九　唉說文譍也　欸說文訾也一曰然也　埃說文塵也　㶼博雅㶼爆熟也一曰熱甚　毐妻〔一七〕人無行或作妻　誒可惡辭　娭婢也　○皚𩃬溰漁開切說文霜雪之皃〔一八〕也或从雨从仌文二十六　䓌乾菜　隑博雅脩長也　嵦崍嵦山皃　軆躴軆身長皃　䯗頼髖頭長皃　磑博雅磨也一曰磑磑高皃一曰磨〔一九〕也　趕留意　敱說文有所治也一曰隤敱高陽氏子名　𦞣肥皃　䶒𤘅說文齧〔二〇〕牙也或从牙　鱧鯢〔二一〕鱧牡蟹　𤺺病也　㱯說文殺羊出其胎　獃㾄癡也一曰懛獃失志皃或作㾄　豥豕白足　𧯷

集韻平聲二　四十三

〔二三〕鐮

〔二六〕[illegible]

爾雅汔也言相摩近通作剴　剴鐖說文大鐮〔二三〕也一曰摩也或作鐖　[illegible][illegible]也　[illegible]船名　[illegible]謹也　○[illegible]當來切黕[illegible]大黑皃文六　[illegible]博雅齧也　[illegible]牛羊無子　懛懛戴懘怳也　[illegible][illegible]鬄毛亂皃　睞荒田　○胎孡湯來切說文婦孕三月也一曰始也或作孡文二十一　台能三台星名或作能俗作[illegible]非是　邰〔二四〕斄[illegible][illegible]說文炎帝之後姜姓所封周棄外家國右扶風斄縣是也引詩有邰家室或作斄斄[illegible]斄　怠懈也　鮐魚名　紿絲縕　[illegible]蟲名黑貝也　珆瓏文之圭一曰瓏珆　唸唸嚎語不正　[illegible][illegible][illegible]婦人爲髻　嬯儓鈍劣皃或从人　駘狐駘邾地一曰臺駘汾神　治水名漢書鴈門累頭山治水所出東至泉州入海　炱煤塵　[illegible]諟也　○臺[illegible]〔二六〕臺堂來

〔二七〕遟

〔二九〕踏

〔三〇〕鳥

〔三一〕軌

〔三二〕噫　嚎

〔三三〕能

切說文觀四方而高者亦姓古作[illegible]或省俗作臺非是文二十四　儓方言南楚凡罵庸賤謂之田儓一曰陪儓臣也　嬯說文遲〔二七〕鈍也闒嬯亦如之　駘說文馬銜脫也一曰駑馬也一曰駘蕩曠遠也　擡博雅擡揌動也　鮐說文海魚也〔二八〕　跆[illegible]手而歌曰踏〔二九〕跆通作駘　菭說文水衣或省亦作箈　[illegible]蟲名字林黑貝也　薹艸名夫須也一曰芸薹菜　[illegible]說文竹萌也　檯木名　炱說文灰炱煤也或書作炲　[illegible]黕[illegible]大黑　[illegible]馬〔三〇〕名　台台背大老也鄭康成曰大老則背有鮐文通作鮐一曰〔三二〕台谷地名　詒懈倦皃莊子誒詒爲病李軌〔三一〕讀　[illegible]笠也可以禦雨　嚎咍嚎語不正　[illegible]諟也　○能囊來切爾雅鼈三足〔三三〕能一曰獸名亦姓文四　[illegible]病也一曰儓劣　[illegible][illegible]鬄毛亂皃

能熱也[三四]○來徠逨𨑜郎才切說文周所受瑞麥來麰一來二縫象芒朿之形天所來也故爲行來之來引詩詒我來麰亦姓或从彳从辵从走文四十一𥝱麳𪎰說文齊謂麥曰𥝱或作麳亦从二[三五]來通作釐[三六]釐[三七]除艸也通作萊萊[三九]說文蔓華也一曰姓也亦州名𤲕舊場也休不耕者通[三八]作萊郲城名在滎陽縣東齊滅之一曰蜀地名亦姓𦿰𠩺𣯌𦁍說文強[四〇]曲毛可以箸起衣古省或作𣯌𦁍淶說文水起北地廣昌東入河并州浸崍山名中江所出𡋯說文𡋯墤玉也或書作埭犛氂說文西南夷長髦牛也或从毛騋說文馬七尺爲騋八尺爲龍引詩騋牝驪牡𧳋猍獸名方言貔陳楚江淮之間謂之𧳋或从犬鯠鰲鯠魚名魱也鶆鳥名字林鶆鳩鷹也郭璞讀爾雅以爲鶆

[三四]熱

[三六]釐

[三七]釐

[四〇]彊

字之誤[四一]棶[四二]木名材中車輞通作來庲博雅舍也一曰長庲齊臺名庲降蜀地名𢈘久疾也𪐝𪐝黸大黑賚與也尚書夢帝賚予良弼徐邈讀或書作賚𦿰地名在扶風美陽通作𦿰釐睞目偏也𨻶階也一曰𨻶隑長皃箂竹名𦓡耕也婡女字唻聲也䚅視也頼頼顝頭長皃粭[四三]至也勤也倈玄孫之子爲倈孫通作來○鰓桑才切魚頰中骨文十二䰄思鬆䰄多須皃或作思顋頷也俗从囟[四四]非是毢毸毰毢鳥羽張皃或从思通作鰓䳃鳥名䚡說文角中骨[四五]愢意不合也揌博雅擡揌動也粞䊨碎米或作䊨○猜倸倉來切說文恨賊也或作倸文七䞗說文疑之等䞗而去也偲說文彊力也引詩其人美且偲𢦏

[四二]棶椋

[四三]粭

[四四]囟

[四五]才

〔四六〕間　〔四七〕从　〔四八〕戋　〔五〇〕麴　〔五一〕溨　〔五三〕業　〔五四〕生　〔五五〕挺　〔五六〕蔽　〔五七〕上

職博雅䏶瞭視也一曰睽也或不省揌擇也○哉才將來〔四六〕切說文言之間也一曰始也古作才文二十二栽灾㳄災𤆎菑燤〔四七〕說文天火曰裁或从宀从〔四八〕手从巛从乃亦作菑燤𠧗鼎圜弇〔四九〕上巛說文害也從一雝川春秋傳川雝爲澤凶𢦏說文傷也栽䔾載生殖也或作䔾載𢦔方言〔五〇〕麴也戴國名在〔五一〕陳留郡溨水名禹貢蒙山谿大渡水東南至南安入溨或作涐職戠博雅視也或作戠甾〔五三〕廣雅甾拎業也○裁牆來切說文制衣也文十纔繒色一入一曰暫也才說文艸木之初〔五四〕生也一曰能也質也通作材材〔五五〕說文木梃也財說文人所寶也𢦔說文餅麴也方言晉之舊都曰𢦔芽艸名博〔五六〕雅蘋芽蔽也𠧗鼎圜〔五七〕弇上溨水名

〔五九〕坯　〔六〇〕河　〔六二〕暝

〔五八〕扐壯也○犕昌來切牛羊無子文一○𡝩鋪來切好色文四𨋕坏〔五九〕伾爾雅山一成曰𨋕韋昭讀或作坯𦤎○棓蒲來切版也文五棓姓也俖不正鄉禮記毋俖立培封也倍倍阿神名○䔒汝來切艸多皃文六腝䨓䳪有骨醢或作䚋鸸耏須髮多皃㾁疾也○栘逝來切木名棣棣也文一○頤〔六〇〕臣曳來切頷也關中語或省文二

十七○真𥄂之人切說文僊人變形而登天也一曰實也又姓古作𥄂俗作真非是文三十五禛說文以真受福砛石不平皃太玄石砛砛一曰礥也眕𣆶〔六二〕溝上涂也田界也或从辰俗作畛非是鬒纑也籈博雅籈箣箭也一曰器名蒖艸名烏葵也一曰蒖

〔一一〕甄　〔九〕飲　〔一〇〕郱　〔一二〕行　〔一三〕𦥔 昌　〔一四〕升　〔一五〕臼

莢實 ⿰豕眞〔一一〕說文豕首也 磌石也 籈樂器爾雅所以鼓敔謂之籈 桭屋梠也雨楹間謂之桭或从臣 ⿰臣阝地名 甄博雅甄匋窯也亦姓 磌博雅礎磶磌礩也一曰磌然聲 也 鷏鳥名爾雅鷏蟁母似烏鸔而大黃白雜文 帪方言飲〔九〕馬橐燕齊間謂之帪 侲養馬者一曰侲子童男女稱 ⿰口辰說文驚也或書作⿰口辰 謓〔一〇〕爾雅敬也 振振振盛也奮也厚也 殿喜動也擊也 ⿰足辰說文動也 稹槇艸木根相迫迮也或从木 袗衣同色儀禮兄弟畢袗玄 滇慎滇陽縣名在汝南漢永平五年失印更刻遂以水爲心 縝密緻也 鄄衛地名通作甄 茞說文艸也 駗駗驙馬載重難行〔一二〕皃 嫃女字 ○申 𦥔 昌〔一三〕外人切說文神也七月陰氣成體自申束从臼〔一五〕自持也吏以晡時聽事申旦政也又姓亦

〔一六〕叟　〔一七〕船　〔一八〕鳥　〔一九〕斃　〔二〇〕禢裀衭禟　〔二一〕⿱眞心

州名古作𦥔昌文二十六 叟〔一六〕說文引也 身說文躳〔一七〕也象人之身爾雅我也 娠震說文女妊身動也引春秋傳后緡方娠一曰官婢女隸謂之娠或作震通作㑗 䰠神名 㑗說文神也又姓 伸信說文屈伸經典作信通作申 呻⿰申欠⿰口身說文吟也或从欠从身 胂說文夾脊肉也 眒瞚馬〔一八〕獸驚皃一曰疾也引目也古作瞚 紳⿰革申說文大帶也或从革 柛爾雅木〔一九〕自弊柛 ⿰衤身博雅裀衭禢〔二〇〕也 敒理也治也 訷說也 珅玉名 ⿰忄申憂也 妽女字 ○瞋⿰目戌⿰目辰稱人切說文張目也祕書瞋从戌从辰文十 謓 嗔⿱眞心〔二一〕說文恚也賈侍中說謓笑或从口亦作⿱眞心 䐜說文起也謂肉脹起 瘨腹脹病 ⿰系眞縝纑也或从糸 ○辰辰丞眞切說文震也三月陽氣動雷電振民農時也物皆生

〔二一〕辰 〔二二〕[illegible] 〔二五〕逵 〔二六〕[illegible] 〔二四〕乙辰丮 〔二七〕桭 〔二九〕乘 〔三〇〕晨

从乙匕象芒達丆〔二三〕聲也辰房星天時也古作𠨥文二十五 曟晨說文房星爲民田時者或省通作辰 曟說文日月合宿爲曟通作辰 晨𣋾〔二二〕說文早昧爽也〔二四〕从臼从辰辰時也辰亦聲𦦨夕爲𡖍臼辰爲晨皆同意籀作𣋾通作晨 宸說文屋宇也賈逵〔二五〕曰室之奥者後人指帝居曰宸 㫳重屋〔二六〕也 臣𢘻說文牽也事君也象屈服之形一曰男子賤稱唐武后作𢘻 𨚕說文地名 𨛜姓也 𣪘敐喜而動皃一曰擊也或从攴 侲童男女也 鷐𩀱說文鷐風也或从隹通作晨 麎說文牝麋也 桭梜桭〔二七〕屋〔二八〕端也 𦁄織也〔二九〕 茞說文艸也 莀艸多皃 慎獸五歲爲慎鄭衆說 陙小阜 ○神神𥛭乘人切說文天神引出萬物者也古作神𥛭又姓文六 䰠說文〔三〇〕神也 晨唇旦也或作唇 ○人[illegible]

〔三二〕米 〔三四〕孰 〔三五〕也又 〔三七〕水 〔三八〕聿

而鄰切說文天地之性最貴者也古作𠆢唐武后作𤯔文十一 儿說文〔三一〕仁人也古文奇字象形引孔子曰在人下故詰屈〔三二〕 朲字林屋閒木人 仁忎𡰥說文親也亦姓古作忎𡰥 紉合縷也 秂禾欲〔三三〕結者 芢艸名 ○〔三三〕辛斯人切說文秋時萬物成而熟〔三四〕金剛味辛辛〔三五〕也又辛痛即泣出从一辛辛皋也亦姓文九 新說文取木也一曰初也亦姓 薪說文蕘也一曰大木可析曰薪 信引革也周禮革引而信之欲其直也劉昌宗讀 呻吟也 𤵸寒病 伸展也 婞女字 莘細莘藥艸 ○親寴𡨚嫀〔三六〕雌人切說文至也一曰近也古作寴寴或作嫀文七 儭父母稱通作親 瀙水名在南陽〔三七〕 櫬木名王蒸也〔三八〕 ○津𦪔資辛切說文渡也古作𦪔津𦨈𨒪文十七 𦘒說文𦘒飾也俗語以書好爲𦘒

〔三九〕盡　〔四〇〕𥣬　〔四一〕嫀女字　〔四三〕闠　〔四五〕遵　〔四六〕倖

〔三九〕盡說文氣液也从血聿聲或書作盡　榼盂也　璡說文石之似玉者　葎艸茂也　搸琴瑟聲　漆桼木汁可以涂　蓁〔四〇〕𦸃首戴物皃爾雅蓁蓁戴也或作𦸃

璶珒玉名或省　津潤澤也　○秦𥢚𥣬慈鄰切說文伯益之後所封國也地宜禾一曰禾名亦州名又姓籀作𥢚古作𥣬文九　螓蟲名似蟬而小　𤛓牛名　蓁艸名　榛木名〔四三〕

晨旦也關中語　○繽〔四四〕紕民切繽紛亂也一曰盛皃文十二　䎙䎙翁飛皃　鷏鳥名

闠說文闕也从門　𢅐衣敝皃　𩴾鬼皃　驞驞駢衆聲〔四四〕　覾覾覹暫見　馪香氣盛皃　懫心伏也　礗碎石聲　𠛀分〔四五〕也

○賓賔宾賨卑民切說文所敬也一曰導也服也古作賔宾賨又姓文二十二　儐敬〔四六〕也孔穎達曰賓以禮曰

〔四八〕顮厓　〔四九〕芸煌　〔五〇〕顮　〔五一〕水　〔五二〕弘　〔五五〕擣

儐　顮頭〔四七〕憤也　矉恨視　覾〔四八〕覾覹暫見　䰼說文鬼皃　鑌利鐵也　檳檳〔四九〕榔木名無枝實從心生

濱瀕洿顮隫水厓也或从頻古作洿顮隫　蠙水〔五〇〕名也莊子蛙蠙之衣　嬪婦也周禮嬪貢鄭〔五一〕司農讀　鰭魚名　獱獺屬似狐青色居水中食魚

懫心伏也　○頻顰瀕毗賓切說文水厓人所賓附頻蹙不〔五二〕前而止古作顰或从水一曰頻數也亦姓文二十七　顰卑說文涉〔五三〕顰蹙亦作卑　嬪姿也　嚬笑皃　嬪㛦

姘嬪𡣍說文服也爾雅婦也一曰妻死曰嬪古〔五三〕作㛦姘嬪𡣍　𧮭說文匹也一曰多言

玭蠙說〔五三〕文珠也引宋弘云淮水中出玭珠玭珠之有聲者夏書〔五四〕从虫賓　薲蘋說文大萍〔五五〕也或作蘋　櫇說文木也　顮方言毗顮懣也　𦆀禱衣也　矉說文恨張目也引詩國步

〔五九〕閺　〔六〇〕閺　〔六一〕旗也　〔六二〕民　〔六三〕欿

斯矉獱猵博雅獺也或〔五七〕作猵轒車也⿰賓鬼說文⿰賓鬼〔五八〕皃臏刖也蠙〔五?〕蟲名〔五九〕蠙盤
也○民𡵓𡵒彌鄰切說文衆萌也古作𡵓𡵒文十泯滅也怋亂也閺
鄉名睧俯視也〔六〇〕通作閺弫旗〔六一〕也弧鍲鐵也暋強也○砏披巾切博雅砏磤聲也文
三虨虎文刡分也○份彬悲巾切說文文質備也引論語文質份份古从彡林
俗作斌非是文二十玢璸玉文理皃亦从賓虨𧇭虎文或省⿰王扁埤倉璘⿰王扁
文采皃⿱非目大目也攽刡說文分也引周書乃惟孺子攽亦从刀邠豳
說文周太〔六四〕王國在右扶風美陽又曰美陽亭即豳也俗以夜市有豳山或作豳豳豩說文二豕也
汃說文西極之水也引爾雅西至汃國謂四極攽〔六五〕气分琘石次玉者史記琳琘琨珸劉伯

〔六四〕崏　〔六六〕睧　〔六七〕敃　〔六八〕被　〔六九〕緍　〔七〇〕錉

莊讀砏石也辨駮也⿲木分木木分也○貧穷皮巾切說文財分少也古作穷文二
○珉琘〔六五〕碈碣玟砇眉貧切說文石之美者或作琘碈碣玟砇文五十七⿱敃石
⿱敃山岷崏汶說文山在蜀湔氏西徼外或作⿱敃山岷崏汶閺⿵門民鄉名或作閺閩
說文東〔六六〕南越蛇種旻閔說文秋天也引虞書仁閔覆下則稱旻天或作閔通作⿰民頁旼
旼旼和也旼睧〔六六〕昀視皃或作睧昀忞暋〔六七〕說文彊也引周書在受德忞亦作敃⿰民頁
⿰昏頁⿱巛⿰昏頁彊頭也或从昏古作⿱巛⿰昏頁捪抿說文撫也一曰摹也或〔六八〕省痻⿸疒民病也
或省緡緍說文〔六九〕釣魚繳也吳人解衣相被謂之緡一曰錢緡一曰國名或作緍又姓錉〔七〇〕
鍲說文業也賈人占錉博雅稅也或从民⿰貝勻⿰貝旬博雅本也一曰筭也稅也或作⿰貝旬

〔七一〕𦊟　〔七二〕閩
〔七三〕𧍝
〔七四〕䳍
〔七五〕笢
〔七六〕湣

罠緍說文釣也博雅兔「𦊟」〔七一〕罟或从糸　䟦皮理也　䟦勉〔七二〕閩　蚊說文𧍝〔七三〕也或作蟁　鴖𩀨雕䳍說文鳥也山海經其狀如翟〔七四〕而赤喙可以禦火或作𩀨雕䳍　苠〔七五〕竹膚也　文飾也禮大夫以魚須文竹劉昌宗讀　湣〔七六〕謚也史記齊湣王　暋悶也　虋禾名爾雅虋赤苗郭璞讀　苠𦻏衆多皃太玄人苠苠而處乎中或从昬　䡅車軝也　𧿹蹎也　泯澤名山海經空桑之山西望泯〔七七〕澤　㟩女字　鴖鳥名鶉子也　○珍鉁知鄰切說文寶也或从金俗作珎非是文六　駗說文馬載重難也　鎮寶器也周禮國之玉鎮一曰壓也　塡說文塞也一曰定也　趁趁擅行不進皃　○獜癡鄰切犬走艸謂之獜獜猭猨狖緣木皃文十三　辴大笑皃　䠳走皃　獤獤猭連延

〔七七〕池
〔七八〕敶　〔七九〕𡒄𡓬
〔八〇〕𡓬𡓪　𡒄
〔八一〕鄰隣

皃　侲欲仆也　伸𠈲抻揁申也引戾也或作𠈲抻〔揁〕也　縝博雅縝紛也一曰衆盛　瞋盛皃　狆狂也　胂伸身也　○陳陣地〔七七〕鄰切說文宛丘舜後嬀滿之所封一曰布也一曰堂下徑又姓古作陣文十七　塡𡨚久也或作𡨚通作陳　𣀺列也或作敶〔七八〕通作陳　𪋻塵𡒄〔七九〕𡓬〔八〇〕𡓪說文鹿行揚土也或省籀作𡒄古作𡓬𡓪俗作塵非是　𪊊獸名似羊目在〔七九〕耳後　𦵏蔯堇𦵏菜或作蔯　趁跈𧼮也或从足　蟁蟁蜳不安定皃　○鄰隣〔八一〕㐁離珍切說文五家爲鄰一曰近也或从𨸏古作㐁从文　𡾢暽𤳹畦曰𡾢或作暽　嶙嶙峋山厓重深皃　𡿦磷說文水生厓石間𡿦𡿦也　潾水清皃　璘璘瑞文皃　瞵說文目精也一曰視皃　繗紒也或从石

〔八三〕角

〔八四〕斑

〔八八〕[illegible]

〔八九〕牡

〔九〇〕鴝[illegible]

理絲也 轔 轔轔衆車聲 麐 麟〔八三〕 說文牝麒也陸璣〔八三〕白麕身牛尾黃色〔八四〕負蹄角端有肉音中鍾呂行中規矩王者至仁則出或作麐通作麟 驎 馬班文爾雅青驪驎驒通作粼 駗 馬載重難也 〔八五〕獜 獸名山海經〔八六〕几山有獸如彘黃身白首〔八七〕尾名曰聞獜 獜 鏻 說文健也引詩盧獜獜或从金亦書作獄 鱗 鯪 說文魚甲也或从令通作鱗又姓 翷 博雅飛也 嶙 山名 鰲〔八八〕 說文魚也 粦 燐 鬼火或从火 蘇 艸名似竹中實通作粼 蹸 蹸蹸行皃 麐 說文大〔八九〕牝鹿也 剦 削也 瞵 闕人名漢有俞間侯瞵 憐 愛也〔九〇〕 ○[illegible] 測倫切布載米文一 ○杋 測人切木名文一 ○鴝鴝 呼隣切鴝鶥小鳥亦从旬文二 ○紉 尼鄰切說文繟繩也文一

〔一〕諄

〔二〕[illegible]

〔三〕蕢

十八○諄啍忳純諄〔一〕 朱倫切說文告曉之孰也一曰懇誠皃或作啍忳純古作諄通作訰肫文十三 [illegible] 盹 鈍目也或从屯 惇 厚也 肫 說文面〔二〕須也 淳 厚 淳 漬也或作厚古作淳 訰 心亂皃 ○萅〔三〕蕢 萅 萶 春 樞倫切說文推也从艸从日艸春時生也一曰蠢也古作蕢 萅 萶隸作春亦姓文十 川 穿通流水也 踳 蹋也 鰆 海魚名 媋 女字 僢 理也 ○媋 式勻切女字文一 ○純 殊倫切說文絲也引論語今也純儉文三十一 沌 芚 軘 粹也古作芚 蓴 水葵通作蓴 蓴 說文蒲叢也一曰蒲中秀 奄 說文大也通作純 醇 酏 醇 說文不澆酒也或作酏古作醇 錞 金器錞于也圜如碓頭大上小下所以和鼓 淳 說文淥也一曰質也

〔一五〕䧼　〔一七〕恂　〔一九〕菴　〔二〇〕成　〔二一〕寘　〔二三〕巡

亦姓　焞〔一四〕博雅明也一曰灼龜炬〔一五〕　䧼鶉說文鶉〔一六〕屬或从鳥　𦎫𦎫說文孰也
一曰鬻也或省　陙說文小〔一七〕𠂤也　𢘼恂忳說文憂也或作恂忳　肫腊之全者　膞
股骨也　屯屯留縣名在上黨　菴〔一八〕艸名　鐏器名　紃采〔一九〕文也　鯙魚名　⿰目享
鈍目也　惇厚也　馴順也　○脣⿰脣頁䐇䐇船倫切說文口耑也古从頁或作䐇
䐇亦書作脤文二十二〔二一〕　⿱艹脣牛蓐艸名如薥斷寸寸有節拔之可復　漘⿰氵辰說文水厓
也引詩寘諸河之〔二二〕漘或省　⿰牛川〔二三〕行遲〔二四〕也　旬均也〔二五〕　馴順也　甾墾田皃　循蹲循
逡巡也　⿰木脣木名　唇驚也　陙小阜　⿰巾盾布載米　⿰酉屯酒厚也　栒杶也　麏
牝麏　紃采也　鶉鶉屬　純〔二六〕門名春秋傳有純門　○犉濡純切黃牛黑脣曰犉文六　䧼

〔二七〕鶉　〔二九〕惈　洵　〔三〇〕過　〔三二〕珙

鶉鳥名鶉鷄〔二七〕也或从鳥　撋拭也　瞤⿰目需說文目動也或作⿰目需　○荀〔二八〕須倫切說
文艸也亦姓文三十　⿰木筍說文杶也　⿰木粤木名可爲鉏柄　詢謣咰春秋傳咨親爲
詢或作謣咰〔二九〕　栒邑名在扶風一曰木名邑　粤驚也　恂悛說文信心也一曰均也樂
也懷〔三〇〕也或作悛通作詢恂　洵說文渦水中也一曰水名一曰信也揮涕也　⿰旬欠⿰能乞欨欻
喜皃一曰氣逆也或从气　眴旬目眩也或省　姰狂也　郇郇說文周武王子所封
國在晉地又姓亦作郇　峋嶙峋山形　恂說文領耑也　珣說文〔三一〕醫無閭珣玗琪〔三二〕引周
書所謂夷玉　畇⿰田旬甾爾雅畇畇田也郭璞曰墾辟或作⿰田旬甾　檈圜案
一曰器也　旬徧也　絢采成文曰絢　⿰旬鳥⿰旬鳥鶉鳥名⿰鳥旬鶉也　⿰旬皮足坼曰⿰旬皮　⿳艹旬大闕人

〔二三〕壿

〔二四〕僎

〔二五〕皴

〔二六〕速 趁

〔二七〕僎

〔二八〕巡

名魏有韓莫○逡遁〔二二〕後七倫切說文復也爾雅退也一曰逡巡行不進亦作遁後文十
八夋說文行夋夋也一曰倨也竣踆匔說文偓竣也引國語有司已事而竣博雅
止也伏也或作踆匔壿〔二三〕蹲士舞也壿壿舞皃或从足僎〔二四〕介僎也㕙兔狡者㕙捘
廣雅按也一曰推也皴〔二五〕說文細皮起也悛改也𧼯說文行趁〔二六〕趁也嶟嶟嶟竦山峭皃
䘒袴裯曰䘒譐喜皃○遵䢎縱倫切說文循也古作䢎文八跧蹴也卑也
僎〔二七〕鄉飲禮輔主人者嶟山銳也鷷蹲爾雅雉西方曰鷷或作蹲恮謹也
○旬𠣜松倫切說文徧也十日爲旬古作𠣜文四十一巡〔二八〕𨊤說文視行皃或作𨊤
古通作徇𧼯〔二九〕說文走皃循說文行順也恂恂恂善誘也洵爾雅均也馴

說文馬順也衞〔三〇〕宏通作馴駲馬逆毛𤘒〔三一〕牛行遲皃鴝駒鶵小鳥名揗博雅順也
一曰摩也緧縫也方言繞緧謂之槜〔三二〕郭璞曰謂衣𧜲脊紃絢約說文圜采一曰條
也儀禮作絢約恂袀領耑也或从衣眴畇畇〔三三〕墾田皃或作畇畱甽山下受霤
𧆞灥說文三泉也楯欄楯也姰博雅狂也狥貪也尚書徇于貨色徐邈讀
訓道也周禮士訓鄭司農讀〔三五〕遵遵縣名在淮南峋嶙峋深無厓皃迿先也公羊傳朋
友相衞〔三六〕而不相迿㴇流皃史記汗出循循徇侚伨使也一曰徧示或作侚伨〔三七〕蚼
蟲名鬊亂髮也眗眗卷縣名在安定郡橁杶說文大木可爲鉏柄或作杶栒
木名○鷷從倫切西方雉名文一○屯株倫切說文難也象艸木初生屯然而難〔三八〕引易屯

〔三一〕犀 遲

〔三二〕襍 襝 褶

〔三四〕垠

〔三五〕土

〔三六〕衞

〔三七〕徇 約

〔三八〕引 屯 木之

〔三九〕埋　〔四〇〕毋　〔四一〕也　〔四三〕柏　〔四五〕篆曰　〔四六〕軌　〔四七〕屽

剛柔始交而難生一曰厚也〔三九〕文八　迍 遭也　窀 說文葬之厚夕引春秋傳窀穸從先君於地下一說長理謂之窀長夜謂之穸　邨 地名　掄 木名說文毋〔四〇〕枇也　邅 不行也　⿰巾盾 說文載米〔四一〕齗也　駗 馬載重難〔四二〕行也　○杶櫄欓杻橁 敕倫切說文木也引夏書杶榦栝柏或〔四三〕从熏亦作欓杻橁通作椿文十九　椿 木名櫄也莊子大椿　⿰車川輴楯⿰車旬 說文車約輴〔四四〕也引周禮孤乘夏輴一下棺車或从盾从木从旬从全楯一曰案也　鶞䳬 鳥名爾雅春鳸鳻鶞或从隹　瑃 玉名或从春　芚 无知皃莊子〔四五〕聖人愚芚李軌讀　⿰巾盾 廣雅〔四六〕齗也　⿰走盾 走皃　⿰木毛 禹治水所乘者通作輴　○⿰酉屯 重倫切純酒文二　⿰巾盾 齗也　○倫 龍春切說文輩也一曰道也又姓文二十六　論 言有理也　綸

〔五〇〕枇　〔五一〕于 淵　〔五三〕壻　〔五四〕[illegible]

青絲綬一曰邑名亦姓　惀 欲知皃一曰思也　掄 擇也周禮邦工掄材　踚 博雅遒踚行也　淪 說文小波爲淪引詩河水清且淪漪一曰没也　侖侖龠 說文思也籒作侖侖　陯 山阜陷〔四九〕也　棆 木名似豫章爾雅棆無疵　輪 說文有輻曰輪無輻曰輇　䑳 船前桄也　⿱竹侖 篇子船具　鯩 魚名山海經來需之水多〔五二〕鯩魚黑文狀如鮒　蜦 說文蛇屬黑色潛於神泉能興風雨或作蜧　碖 石也　菕 艸名　腀 皮也　⿰豕侖 獸名　崙 崑崙山名　沟 水名　崘 崘崓山皃　耣 耕也　○因〔五二〕捆⿱目大 伊真切說文就也徐鍇曰能大者衆圍就之一曰仍也又姓或作捆古作⿱目大文四十二　姻婣䀐 說文壻〔五三〕家也女之所因故曰姻或作婣籒作䀐　諲〔五四〕⿰口垔 敬也或从口　歅 闕人名秦穆公時有

〔五五〕兔　〔五六〕裀　〔五八〕緜　籀　〔五九〕曲　〔六三〕山　〔六五〕𡨟寰

九方歎　禋𥛷祵𥙿說文潔祀也一曰精意以享爲禋籀作𥛷或从因古作𥙿　絪烟氤絪縕天地合氣也或作烟氤　緸緸寃搖動皃　蒕蒕藴香艸通作茵　裀博雅複褖謂之裀　茵鞇𦲷說文車重席司馬相〔五八〕如說茵从革或作〔五八〕茵通作裀絪　〔五七〕垔陻堙𡊄𡋯𡎃說文塞也引尚書鯀〔五八〕垔洪水或作陻堙𡊄篇作𡋯古作𡎃　闉說文城内重門也〔五九〕引詩出其闉闍　湮說文沒也爾雅落也通作洇　洇〔六〇〕說文水名　駰〔六一〕說文馬陰白雜毛黑〔六二〕引詩有駰有騢　凐洇寒皃或从因　黫䵱黑羊或从因　歅歐歔嘅也　𥓓山名山海經〔六三〕諫山之南有𥓓石　栶木名　筃竹名　秵禾華也　壹壹壹不得泄也　○〔六四〕寅〔六五〕𡬝𡧂𡨛𠌕夷眞切說文髕也正月陽氣動去黃泉欲上出陰尚強象宀不達髕寅於下也古作𡬝𡧂𡨛〔六七〕文十一　夤𡖀說文敬惕也引易夕惕若夤籀作𡖀　䏰夾脊肉也通作夤　鏔〔六八〕博雅鏔矛戟也　螾蟲名寒螿也　黃說文兔爪〔六九〕也　璌場也　○礥下珍切難也文三〔七〇〕　䛛博雅䛛誑欺也　賢多才也　○匀俞倫切說文少也一曰均也文八　畇墾田也　馴道也　䝂周也　汮水名　昀日光也　巡〔七一〕行也尚書巡守徐邈讀　𥐰〔七二〕也　○鈞銞規倫切說文三十斤也一曰陶旊輪古从旬又姓或書作銞𨬡𨰆文十六　均旬勻說文平徧也周禮作旬或作勻通作鈞亦書作𡊑　𤰶畇敂墾田也或作畇敂　汮〔七三〕水名出沂縣　袀〔七四〕戎衣也偏裻謂之袀通作均　純鄭司農曰緣也　蚼蟲名馬蚿也　姁說文鈞適也男女併

〔六六〕二　〔六八〕子　〔六九〕塡　〔七一〕巡　〔七二〕名　〔七三〕析　〔七四〕戎

〔七五〕粧也
〔七七〕抻
〔七八〕敂
〔八二〕乞切
〔八六〕菩屮

也䒦藕小者䒦〔七六〕趨走皃㚻女始〔七五〕粧也○巾〔七四〕衶居銀切說文佩巾也一曰首飾或从衣文六衶〔七七〕以巾覆物也帥敂〔七八〕也二十枚曰帥弞背也覲險也○菫〔七九〕墐〔八〇〕𡏷堇䓿渠巾切黏土也或从土古作〔八一〕墐菫䓿文十四墐拭也矜䅥穫說文矛柄也或作矝穫通作槿槿木名鳹蛉蟲連行紆行者或从虫新博雅黏也圻土壁也○趣渠人切行皃文一○緊气〔八二〕鄰坊稔也文一○銀〔八三〕魚巾切說文白金也又州名文三十珢說文石之似玉者〔八四〕泿水名山海經禱過之山〔八五〕泿水出焉鄞〔八六〕說文會稽縣圁縣名在圁水之陰因以爲名𪛉大篪也爾雅通作沂誾訔說文和悅而諍也一曰語也或从山訔山名言

〔八七〕罳
〔八九〕垠
〔九〇〕沂
〔九二〕也
〔九六〕鄰

訢鄭康成曰言和敬皃亦作訢嚚𡾡𡐛〔八七〕說文語聲也春秋傳口不道忠信之言爲嚚古作𡾡𡐛狺犷大吠聲楚辭猛犬狺狺或从斤狠犬鬭聲麐獸名如貉八〔八八〕目〔八九〕𧇾說文兩虎爭聲蘄說文艸多皃江夏平春有蘄亭櫬木名垠圻𡊁地垠也岸也或作圻𡊁通作泿沂釿沂器之釿鍔〔九〇〕或作沂[illegible]笑露齒憖地名春秋會于厥憖蛝馬蛝蟲名沂沄淪水回旋皃○咽𪔀鼘鼝〔九一〕於巾切鼓節也詩頌鼓咽咽或作𪔀鼘鼝亦書作鼘文九駰馬陰〔九二〕白雜毛黑者壺壹壺〔九三〕不泄鄄縣名在濮陽慇殷憂也亦省○贇〔九四〕紆倫切美皃文八頵〔九五〕說文頭頵頵大也壺壹壺〔九六〕不得泄者也奫奫潫水深廣皃涒涒鄰水流曲折皃

〔九七〕嶙峮　〔九八〕也

〔一〇〇〕囷

〔一〇一〕紖　〔一〇二〕隊

〔一〇三〕「以」「也」

〔一〇六〕阯

〔一〇七〕相

〔一〇八〕眴

蝹蝹蝹龍皃　峮〔九七〕嶙峮山皃　駰馬陰白雜毛黑〔九八〕　○筠〔九九〕于倫切竹青皮文九　荺

藕絡也爾雅荺茭　湞水名出南陽〔一〇一〕入夏水　囷〔一〇〇〕說文回也一曰意不足　緽說文

持綱細也引周禮緽寸　隕墜〔一〇二〕也　尹孚尹玉釆　筍弱竹可以爲席也〔一〇三〕　負闕人

字春秋傳有子負　○囷〔一〇四〕區倫切說文廩之圜者圜謂之囷方謂之京文十七　菌〔一〇五〕本艸

〔一〇六〕菌桂出交阯負如竹　箘簬箟竹名或从君从昆　蜠[illegible]貝也爾雅蜠大而險

或从貝　峮[illegible]峮嶙山相連皃亦从囷或書作峮　輑車軸也〔一〇七〕連曰輑　壼

爾雅宮中衖謂之壼〔一〇八〕或作壼　頵權骨也　菌〔一〇九〕地蕈之小者通作菌　碅碅磳石危皃

卷眴卷縣名在安定　皸皴也　○麇〔一一〇〕麕麏俱倫切說文麞也或从囷从君

〔一一一〕龜

〔一一二〕僎　〔一一三〕也

〔一一四〕蜵蛸

〔一一五〕巨

亦國名文十四　莙艸名爾雅莙牛藻似藻葉大　頵頭大皃　汮水名　龜〔一一一〕手凍

坼也莊子不龜手之藥　僎〔一一二〕輔主人者　覠視也　[illegible][illegible]〔一一三〕皃　[illegible][illegible]束也或作[illegible]

涒涒粼水旋流　峮峮嶙山皃　○畇舒均切墾田皃文一　○蜵一均切〔一一四〕蜵

蛸蟲名文三　淵深皃　鼘鼓聲　○竣踆[illegible]壯倫切伏皃或作踆[illegible]文三

○恂〔一一五〕旨旬切憂也文二　赹獨行皃　○天鐵因切顛也至高無上文一　○年

禰因切穀孰也文一　○苓戾因切艸名文一　○顛典因切頂也文一　○田

地因切樹穀曰田文一

十九　○臻緇詵切說文至也通作轃溱文十七　轃說文大車簣也　搸琴瑟聲也

〔二〕幸　〔三〕潧

〔四〕灝　〔五〕兒

〔七〕姸

〔八〕並

亲槈樺說文果實如小栗引春秋傳[二]女摯不過亲栗或从辱亦作樺通作榛聚也　榛

蓁說文木也一曰菆也或作蓁　峷[三]獸名狀如狗有角文身五采司馬彪說　潧[三]說文水出鄭國引詩潧與洧方渙渙兮通作溱　溱說文水出桂陽臨武入匯　淨魯城北門池也

灝[四]字林水名在豫州　鎒小鑿也　蓁說文艸盛[五]　殝死也　責[六]求也春秋傳西鄰責言

○莘蓁辝疏臻切號地名又姓或作㜪蓁辝通作㜪文三十四　㜪有㜪國名或作嫀　𡚾[七]女字　姺說文殷諸侯爲亂疑姓也引春秋傳商有姺邳　𤵸說文寒病也

峷獸名狀如狗通作莘　侁侁徃說文行皃或作侁徃　兟說文進也　屾說文二山也　甡說文衆生竝[八]立之皃引詩甡甡其鹿　毰罽布也　䚏樺

〔九〕馬𩦾　事

〔一〇〕滓澀

〔一三〕棓　〔一四〕名　作

〔一五〕樺

〔一〕交

博雅𦏱𦏱多也或从林通作莘　𦐄𦐄𦐄羽多　𦶏艸名　詵說文致言也引詩螽斯羽詵詵

兮　䇪箄也　駪說文馬衆多皃　驫說文衆盛也[九]引逸周書疑沮事　燊說文盛皃[一〇]

从焱在木上一曰役[一一]也一曰火熾皃　樺方言㯫[一二]杠東齊海岱間謂之樺　籸粃粉澤也粥[一三]

凝也或从先　𪎭麻滓　扟說文從上挹也博雅棓扟減也　阠陵名　鮏鮏魚名長尾

皃或省鮏通作莘　𥞌穀名廣雅䅭[一四]䅭也　○榛蓁鋤臻切木叢生曰榛或作蓁文

八　侁往來皃　殿殿殿動而喜皃　淨魯北城門池　帘幕也　棧[一五]衆盛皃漢書蓁棘棧棧　杋木名　○灝楚莘切水名文一

二十　○文無分切說文錯畫也象文[一]文亦姓又州名文三十一　彣說文䰄也一曰

〔三〕斑
〔四〕䎽䎽　〔五〕閺鄉
〔六〕蟁
〔七〕名丹
〔八〕岎　〔九〕雪皃

青與赤雜古通作文　紋織文　玟琝玉文或从彣　魰魚名　炆煴也　駇說文馬赤鬣縞
身目若黃金名曰駇吉皇之乘周文王時犬戎獻之
引春秋傳文馬百駟畫馬也西伯獻紂以全其身或
書作媽　敃字林糜上汁一曰以手拭物　汶水名在魯北　鼤班〔三〕鼠　鳼⿰文隹鳥名
爾雅鶝子鳼或从隹　聞䎽𦖞𦗟說文〔四〕知聞也古作𦖞𦗟　〔五〕閺說文低目視也弘農
湖縣有閺郡汝南西平有閺亭　閩⿵門䖵東南越名或从䖵〔六〕
蟁⿱昏䖵蚊螡⿱文䖵說文齧人飛蟲或从昏以昏時出也亦作蚊螡⿱文䖵　鴖鴖母鳥名　紊亂也尚書有條而不紊徐
邈讀　雯雲成章曰雯　鴍鳥文〔七〕山海經玄母之山有青鴍　芠艸名　妏女字　○
岎〔八〕芬數文切說文屮初生其香分布或从艸亦姓文三十　雺詩傳雺雺〔九〕雲白　氛祥氣

〔十〕梤
〔十一〕闅閿
〔十二〕馻
〔十三〕餴

也通作雰　帉說文楚謂大巾曰帉或書作㤋通作紛　翂鳻⿰氵翂翂翂飛也或从鳥亦
作⿰氵翂通作紛　⿰分毛⿰分毛⿰分毛毛落也　紛說文馬尾韜也一曰眾也亂也　砏大聲也　訜訜訡語〔十一〕不定
梤〔十〕⿰木棼棻說文香木也或作⿰木棼亦省　衯說文長衣皃或書作⿱分衣　闅閿說文
闅連結闅紛相牽也或作閿　馻〔十二〕馬行疾皃　鳻鳥名爾雅春鳸鳻鶞　份文質備也　幩
馬扇汗　弅隱弅丘高出皃　玢玢豳玉文理皃　扮并也太玄以扮天十八　羒
牝羊　䟑蹷也　忿心亂　攽亂皃通作紛　燓火皃　○　分匪方文切說文別
也从八刀刀以分別物也一曰與也周禮作匪文二十四　鳻說文鳥聚皃一曰飛皃〔十三〕　扮
并也一曰握也　衯衣大謂之衯　⿰毛賁博雅⿰毛賁毴罽也　⿰食奉饙餅餴說文滫飯

[一四]也
[一五]糞坌
[一六]巾
[一八]艸木
[一九]墳
[二〇]隆穹

也或从賁或省亦作餴 谽谷名在臨汾 玢文也[一四] 坌𡑞坴拚⿱龹廾
[一五]糞坌掃除也或从糞或作坴拚𢍚糞古作坌 汾水名在太原 毴毛落也 帉
[一六]中謂之帉 盼日光 賁飾也 ○汾符分切說文水出太原晉陽山西南入河或曰出汾陽北
山冀州浸文七十一 枌說文榆也一曰榆之先生葉後生莢者 魵魚名出薉邪頭國郭璞曰
小鰕 谽谷名在臨汾 妢[一七]妢胡胡子國在楚出美笱者 毴毛落也 鼢蚡
鼢鼠名行地中者或从虫从賁 鳻鳻鶞鳥名 棼說文複屋棟一曰亂也 賁
大也三足龜也 蕡說文雜香[一八]一曰艸求多實 濆說文水厓也引詩敦彼淮濆一說汝為濆
大水溢出別為小水之名通作濆[一九] 橨木名枰仲也 鐼鐵也 轒說文淮陽名車隆穹[二〇]

[二二]牝
[二三]汗
[二六]梤
[三〇]萉

爲轒應劭曰轒輼匈奴[二一]鞞博雅以爲柳車 羵羵羊土神名 焚燓炃燌燔
火灼物也或作燓炃燌古作燔 鼖鞼𪔐𢿍說文大鼓謂之鼖鼖八尺而兩面以鼓軍
事或作鞼𪔐𢿍 秎稽也關中語 坋大防也 ⿰牛分[二二]牡牛 墳隫說文墓也方言冢[二四]秦
晉之間謂之墳取名於大防亦作隫 幩說文馬纏鑣扇汗[二三]也引詩朱幩鑣鑣 [二五]羒說文牂羊也[二六]
豶獖說文羠豕也或从犬 ⿰賁鳥⿰賁隹⿱分鳥鳥名如鵲三目六足或从隹亦省 梤
⿰木棻棻香木也或作⿰木棻亦省 頒肦頒[二七]大首皃一曰衆皃或从肉亦作頒 ⿱分鳥
鳥聚皃[二九] ⿱分巾大巾亦書作帉 類醜也 氛雰⿹气盆說文祥氣也或从雨亦作⿹气盆 黂
[三〇]萉枲實也亦作萉或書作𧃖通作蕡 ⿰扌賁拭也 馩馚盆博雅[三一]馩馧香也或作

〔三一〕芬
〔三二〕牀樹
〔三三〕也
〔三五〕子
〔三六〕云
〔三七〕聲
〔三八〕耘
〔三九〕鼎

魵盆岎〔三一〕艸初生香分布蹯獸跡分趙地名劉伯莊說衾闕人名春秋傳劉獻公之
子伯衾弅丘高起皃莊子隱弅之丘紛紛縕亂皃篔帥篔弦也樌樌牀〔三二〕袝也
蒶蒶蒀積也〔三三〕蟦蟲名蛇〔三四〕蟦〔三五〕母𣯍罽也翂飛皃𩰲水名𤸬
𤸬沮憂皃熱瘍也〔三六〕○雲〔三七〕王分切說文山川氣也从雨云象雲回轉形古作𠄟通作云文
三十六云〔三八〕言也語辭也亦姓通作貟芸𦬸說文艸也似目宿从艸云淮南子說芸艸
可以死復生或作蕓𦓤𦔳〔三八〕耘秐說文除苗間穢也或从芸亦作秐通作芸熉
黃皃妘𡣍說文祝融之後〔三九〕姓也一曰女字古从鼎鄖䢵說文漢南之國漢中有鄖
關亦作䢵溳說文水出南陽蔡陽東入夏水澐說文江水大波謂之澐䬠紜

〔四一〕紐
〔四二〕呴
〔四四〕壓
〔四五〕熏

說文物數紛䬠亂也或从糸愪說文憂皃一曰動也耺耳中聲〔四〇〕眃眩眃視不明皃
沄說文轉流也蕓䓊蕓薹胡菜或从貟橒木名貟鼎物數也籀作鼎
訜紛訜語不定縜〔四一〕持綱細篔𥳁篔簹竹名或从雲囩回也田十有二
頃謂之囩𠯘〔四二〕博雅吐也韗韗鼓工或从韋鄆沁水鄉名○熅於云切說文鬱
煙也文十七壼說文壹壼也从凶从壺不得泄凶也〔四三〕引易天地壹壼涒涒𣿖水皃搵
沒也氳氳𣱶氳氣也縕說文紼也一曰亂麻𥢧馧蒀蒀馧香也或从香从艸
蘊積也蝹蝹蝹龍皃𨍗𩋬說文大車後屬〔四四〕也或从革媪女字轀轀輴匈奴
車瘟瘟瘟小痛皃莙艸名牛藻也○𤋱〔四五〕熏許云切說文火煙上出也从屮

〔四六〕䵋

〔四七〕弓

〔四八〕勳

〔四九〕𠕒

〔五〇〕𠬝

〔五一〕藻

〔五二〕𢼱

〔五三〕圍

从黑屮黑熏象也隸作熏俗作燻非是文二十二　薰說文香艸也　纁纁𫄸〔四六〕䵋說文淺絳也或从薰从衣亦作䵋　曛日入餘光　矄目暗也　獯獯鬻匈奴別號〔四七〕或作猈通作葷　醺說文醉也引詩公尸來燕醺醺　臐臛也羊曰臐　〔四八〕勳勛說文能成王功也古作勛　葷𦸣說文臭菜也或作焄通作焄　壎樂器　焄香臭之氣也禮焄蒿悽愴　鐼鐵類　〔五〇〕𠬝𠘧　鼖鼓鳴謂之鼖　煇灼也史記斷戚夫人手足去眼煇之　○君𠕒〔四九〕𠬝拘云切說文尊也从尹發號故从口一曰羣也下之所歸也古作𠕒𠬝𠘧唐武后作𠘧文十八　宭羣居也　莙艸名牛藻〔五一〕也　箘竹名　桾桾櫏木名出〔五二〕𢼱趾　鮶水鮶蟲名似魚　麏䴥麇麏也或从囷亦省　軍㝖〔五三〕說文圜圍也四千人為軍从車

〔五四〕皸

〔五五〕𡦹

〔五六〕作

〔五七〕裠

〔五八〕滂

〔一〕忻　閑

从包省軍兵車也周制萬二千五百人為軍古作㝖　皸博雅皸〔五四〕皵皴也　貚豕也　楎在牆曰楎　○羣𦏪〔五五〕𡦹衢云切說文輩也一曰獸三曰羣亦作𦏪古〔五六〕𡦹或書作群文十三　帬裠說文下裳〔五七〕也或从衣亦書作䘨裙　郡地名　宭說文羣居也　峮嶙峮山皃或書作峮　瘒㾸痺也或从羣　𢿦𢿦說文朋侵也或省　麇羣也春秋傳求諸侯而麇至　○輑虞云切軺車前橫木也文一　○卷丘云切縣名在鄭文二　皸皵也　○磒旁君切〔五八〕石落聲春秋傳聞其磒然文一

二十一　○欣俽惞許斤切說文笑喜也或作俽惞文十五　炘〔一〕說文閻也引司馬法善者忻民之善閉民之惡亦州名　訢說文喜也通作忻　昕說文旦明日將出也　焮

〔三〕熱

〔四〕肦

〔五〕頳

〔六〕斤

〔九〕居

歖〔三〕也　劤多力也　邤地名一曰鄰也　款闕人名曹有公子款時〔二〕　掀舉出也　昕

視不明皃　誸大言也　斤斤斤仁也　妡女字　○殷〔四〕於斤切說文作樂之盛稱殷引

易殷薦之上帝一曰中也大也衆也亦商〔五〕號因以爲姓文八　慇說文痛也　濦㶏溵

說文水出潁川陽城少室山東入潁或从隱从殷　薣菜名　磤砏磤聲也　㥯憂也　○

斤釿舉欣切說文斫木也或从金一曰斤權輕重之數一曰明也文十　筋笏腱

腱肋說文肉之力也从竹竹物之多筋者又姓古作笏或作腱腱亦省〔六〕俗作筋非是　⿱竹堇

竹名通作斤　⿰黍斤黏也　⿰扌堇拭也婧也　○勤渠巾切說文勞也通作廑瘽〔七〕文十〔八〕八　廑

勴〔九〕說文少劣之名或从勤　懃慇懃委曲意　慬⿰忄勤憂也或不省　瘽說文

〔一一〕堇蓳𦯻

〔一二〕蠶

〔一三〕賨

病也　芹蘄說文楚葵也今水中芹菜亦作蘄　蘄〔一〇〕藥艸廣雅山蘄當歸　⿰矛堇矜

矛柄也或作矜　菦說文菜類蒿　朸〔一一〕漢侯國名　堇蓳𦯻說文黏土也古作蓳

𦯻　嫤女字　○⿸虍斤魚斤切說文虎聲也文二十五　斦說文二斤也　齗齦

⿰齒言說文齒本也或从艮从言　垠圻𡏖說文地垠也一曰岸也或从斤从犾　齗訢

⿰豸斤大笑或作犾𤞞通作沂　⿰豸斤艸多皃　麐獸名　犾說文兩犬相齧也或書作犾

狠犬鬬聲　⿰犭斤狺說文犬吠聲或从言　鄞縣名在會稽　沂水名　圁縣名

在西河　听笑皃　泝〔一二〕泝淪水旋流皃　誾和悅而諍　𪘬齒出皃　釿平木具

○樺所斤切賨〔一三〕版文一

二十二○元 愚袁切說文始也首也又姓文三十九 黿[一]原源 說文水泉本也或从泉亦作原源一曰再也又姓亦州名 邍[二] 說文高平之野人所登通作原 沅 說文水出牂[三]牁故且蘭東北入江 魭[四] 魚名 邧 地名在秦 阮 五阮關名在代 嫄 說文台國之女周棄母字也 謜 徐語也 㥿 測量也 魭 方言餌謂之魭 獂[五] 山海經乾山有獸狀如牛而三足名曰獂 騵 爾雅騵馬白腹騵 豲 獸名爾雅豲如羊 貆獂 博雅獂豕屬或从犬 蒝 說文艸木形一說莖葉布曰蒝 芫 藥艸說文魚毒也 杬 木名生南方皮厚汁赤中藏卵果 䲮 鳥名 榞 木名實如甘蕉[六]皮核皆可食 黿魭黿 說文大鼈也或作魭黿黿通作蚖 嵃 崟嵃山巔或書作嶸 蠠蠶蚕 重蠶[八]為蠠或作蠶蚕蠠通作原 蚖螈 說文榮蚖蛇醫以注鳴者亦作螈 傆 怒也 愿 愨慎[九]也周禮上愿糾暴劉昌宗讀 笎 竹名 鼲 鼠名[十] 妧 女字

○袁 于元切說文長衣皃从衣叀省聲又姓文三十 爰 說文引也謂引詞也一曰于也又姓 援 說文引也 媛 嬋媛牽引皃一曰美也 趄 說文趄田易居也通作爰 園 說文所以樹果也又姓 垣 䡕 說文牆也又姓古[一一]作䡕 洹 說文水在齊魯閒 溒 水流白[一二]又[一三]姓 轅 說文輈也籀通作爰又姓 榬篆 方言榬籆所以絡絲者或从竹又姓漢有榬絡古 楥 木名柳一[一四]曰欄也 湲 潺湲水流 蝯猨猿猭狁 說文善援禺屬或作猨猿猭狁 㥐 方言㥐諒智也 鶢 鶢鶋鳥名通作爰 萲 爾雅萲忘也施乾說 喛

[一] 原
[二] 邍
[三] 牂
[四] 「魭魚名」
[七] 黿
[八] 蠶
[九] 愼
[一一] 籀
[一二] 皃
[一三] 絲終
[一四] 也

方言哀也頹面不正曰頹婡女名囩回也褑褤衣也或从袁㣪

㣪㣪免[一五]行皃通作爰○煖煊暄許元切說文溫也或作煊暄文四十吅讙喧

說文驚嘑也亦作讙喧通作諠愃快也⿺走睘說文疾也眀明也諼諠說文詐也爾雅

忘也亦作諠藼蕿萱萲說文令人忘憂艸引詩安得藼草或从煖从宣从爰通作

諼[一六]⿰口爰方言⿰口爰恚也不欲麈[一七]而強荅一曰愁也愋⿰忄憲博雅愋諒智[一八]也一曰很也或作

憲睻⿰目爰大目也或从爰壎塤⿰土雚坃說文樂器也以土爲之六孔或从員从雚

从元鶢䧑鶢鴝[一九]小鳥名或从隹翧翧翧飛也貆狟貉類或从犬䚷

說文揮角皃梁隱縣有䚷亭⿰角亘說文角匕也一曰牛角一頫一仰蝖方言蟦螬自關

[一五]兔

[一八]⿰智亍

[一九]鴝

而東謂之蝖轂暅日氣[二〇]也旭日始出大昕時徐邈說咺懼也暖柔皃莊子有暖姝者

煇光也箮竹華也宣宣室天子居也媗女字○鴛[二一]於袁切鳥名說文鴛鴦也

文三十一鵷鳳屬莊子南方有鳥名曰鵷[二二]蜿⿱夗虫蜿蜿龍皃亦作⿱夗虫冤說文屈也

从兔从冂兔在冂下不得走益屈折也怨惌讎也恚也或作惌宛縣名在南陽一

曰屈艸自覆眢[二三]目無明也廢井也⿱臤玉[二四]石之似玉者⿰女冤⿰女惌宴⿰女冤也或从惌[二五]妴

婉也裷方言襎裷謂之幭[二六]郭璞曰即帊幞也苑人姓⿱夗巾說文幡也⿰食冤⿰食宛博雅

貪也或省⿰金冤鋺鉏頭曲鐵或从究[二七]⿰革冤䩩說文量物之⿰革冤一曰抒若[二八]⿰革冤古从革从宛

兵車⿱艹冤艸名說文棘蒬也今遠志⿱苑心博雅婹⿱苑心敗[二九]也⿰氵冤涴水名山海經英

[二一]鴦

[二二]鵷

[二三]一曰

[二五]機

[二六]饒　餽

[二七]宛

[二九]貶

[二四]⿱臤玉

[二八]井

【三〇】嬛

【三二】㩮　【三三】䙴

【三五】鶱　【三六】蒲

鞮之山涴水出焉或从宛　嬛【三〇】博雅嬛嫺好也　惋裁餘曰惋　峖山名　緌繙緌亂也

○言𧥢魚軒切說文直言曰言一曰我也又姓古【三一】作𧥢文八　珸說文石之似玉者

管大籥也　菅艸名亦姓　甗無底甑周禮陶人爲甗　巘山形似甗【三三】　婩女字

○嫸【三二】揭丘言切舉也或作揭文六　攑摳衣也　騫走皃　䙴祭也　攓相援也

○軒虛言切說文曲輈藩車也一曰檐宇之末曰軒取車象又姓文九　轓衞車後重曰轓或从革亦作衞通作軒　掀說文舉出也【三四】引春秋傳掀公出于淖　蓒蓒芋艸名生水中【三六】通作軒　鶱【三五】說文飛皃　蹇走皃　邧鄰也【三七】

○攐櫏居言切攐子擙蒲采名或从木文二十五　靬乾革也一曰驪靬縣名在張掖　鞬韀說文所以戢弓矢或从寋

腱𦞥筋博雅【三七】腱肉也一曰筋之大者或作腱筋　劇剔也　犍犗犗牛或作犍犗　騝爾雅騯馬黃脊騝　鬻【三九】鬻鞬餰鍵飦糐鬻也或作鬻鞬餰鍵飦糐　鞎【四〇】車革前也　軒闕人名漢有衆利侯伊即軒　睷目數也　揵相援也【四一】　䭈爪病

○焉依言切安也一曰鳥黃色出江淮文二　蔫博雅蔫菸蒬也

○籛腱筋渠言切字林筋鳴也或作腱筋文十　攓說文相援也　趕說文舉尾走也　犍犍犍爲郡名或作犍　揵舉也　卷曲也　楗欄也

○翻【四二】飜拚孚袁切博雅翻翻飛也或从飛亦作拚文二十二　轓【四三】群也鼻平方也　璠璵璠玉名　旛說文幅胡也謂旗幅之下垂【四五】者　播【四六】堅木不華而實　幡說文書兒拭觚布也一曰幟也

【三八】本

【三九】鬻

【四〇】爪

【四二】翻拚　三

【四三】平

【四四】旛

【四五】垂

【四六】橎

繙繽繙風吹旗也繙紛亂也 旛旛䊹帳也 畨數也[四七] 轓博雅輤轓箱也[四九] 潘說文大波也[四八] 鐇博雅椎也一曰廣刃斧 潘瀋米瀾也或作瀋 嬔免子 覾覾覢暫見 𩕢大醜皃 嬎匹偶 反覆也漢書録囚平反之[五一] 返回行也 扁番也莊子扁然 賁山海經桂林[五〇]入樹作賁隅 燔蕃薅艸名 䑶[五二]舟飾也 鱕魚名 嬏女字 噃聲也 籓蔽也 軬車兩耳出也 犿連犿犬[五四]宛轉皃 ○藩樊方煩切說文屏也亦作樊通作蕃文十[五三]一 蕃說文艸茂也 籓籓籓說文大箕也一曰蔽也或从巾亦省 轓車箱 鐇椎也一曰鏟也 鱕南越志鱕魚鼻有橫骨如鐇海船逢之必斷 犿拚連犿宛轉皃一曰相從皃或作拚 橎木名 勫健[五五]也 ○煩符袁切說文熱[五六]頭痛也一曰勞也

〔四七〕番　〔四八〕潘

〔五〇〕八　在　〔五一〕薅　〔五二〕䑶

〔五三〕三　〔五四〕潘

〔五五〕健　〔五六〕熱

文六十三 㩯煩撋挼也通作煩 𩕢𩕢說文大醜皃或省 覾覾說文覾覾也或省 繁多也[五七]穊也 緐[五八]絣緈[五九]說文馬髦飾也引春秋傳可以稱旌緐乎或作絣緈 繙說文冤也一曰亂也 襎博雅襎捲[六〇]帳也 袢袢延衣熱詩蒙彼縐絺是紲袢也 旛旗幅[六一]下垂者 璠說文魯之寶玉孔子曰美哉璵璠遠而視之奐若也近而視之瑟若也一則理勝二則孚勝 礬藥石也有白青黃黑絳五種 鐇廣刃斧 橎說文木也一曰剛木不華而實 墦博雅墦埌冢也或書作畨 番蹞蹯𤳯𤳯說文獸[六二]足謂之番从釆田象其掌或作蹞蹯古作𤳯𤳯亦書作𧿌蹞 轓韋裹曰轓 𤭻博雅𤭻瓴瓴墫[六三]也 𦠆膰𥛚說文宗廟火熟肉引春秋傳天子有事膰焉以饋同姓諸侯或从肉从示 燔說文爇也 羳說文黃腹

〔五七〕穊　〔五八〕緐　〔五九〕緈

〔六〇〕冤　〔六一〕㦗

〔六二〕望

〔六三〕釆

〔六四〕軓

〔六五〕蹯　〔七〇〕藩　〔七一〕緐　〔七二〕兒

羊⿰犭番說文犬鬭聲〔六六〕蠜說文自蠜也〔六七〕蟠蟲名說文鼠婦也鼶〔六八〕說文鼠也鷭〔六九〕⿰番隹鷭鶝鳥名似鶝或从隹⿰蜀番⿰蜀番生育也或省笲竹器婦贄棗脩者蹯說文小蒜也⿰禾番稻名蕃茂也息也藩蘩艸名爾雅蘋蒴蔬〔七〇〕藩生山上葉如韭一曰提母或从播蘋說文青蘋似莎者蘇蘩說文白蒿也或作蘩棥說文藩也引詩營營〔七二〕青蠅止于棥通作樊緐〔七一〕泉名在魏郡瀿楚人謂水暴溢爲瀿樊說文鷙不行一曰山邊也⿰馬樊⿰馬樊駐馬躊〔七三〕躇不行也⿱樊毛說文京兆杜陵鄉或書作⿰樊阝通作樊燓說文燒田也鱕魚名嬏女字噃聲也⿱艹樊艸名⿰番頁白喙幡拭觚布⿰女緐偶也蕡艸木多實○樠槾模元切木名一曰木脂出樠樠然或从曼文九璊赤玉

〔七四〕欲　〔七五〕艾　〔七六〕己　〔七七〕手　〔三〕顒　〔四〕麴　〔五〕兒

⿰米㒼粥凝〔七四〕鏝鏝欲上谷〔七五〕亭名鄤鄭地也趧行緩也饅貪食也摱引也○拳己〔七六〕表切力也詩無拳無勇徐邈讀文二韏爾雅革中辨謂之韏○圈去爰切屈木○斷止元切斷首也文一○棬九元切西棬縣名文一

二十三○䰟〔二〕胡昆切說文陽氣也亦書作䰟文四十六忶惃心悶也或从鬼⿰亻軍人姓俒完也⿰角昆角全也顐〔三〕顒顚秃無髮也覌視也⿰月昆餛餫⿰米昆博雅⿰月昆肫餅也亦作餛餫⿰米昆惃亂也蜫蟲之總名⿺麥昆⿺麥昆⿺麥昆方言麴〔四〕也一曰麥不破也或从完从昆捆梱手推之也或从困渾說文混流聲也一曰洿下〔五〕亦姓顐面急沄說文轉流也煇赤也焜煌也⿱韋車說文土也洛陽有大⿱韋車里或書作堚琿

〔六〕梱　木
〔七〕也
〔三〕慖　涸　熱
〔四〕慦
〔五〕⿰魚⿱罒欠　⿰角⿱罒欠　于

美玉 櫆木名生南海 梱梱〔六〕說文梡木未析也或从困 楎說文六叉犂一曰犂上曲
木〔七〕 輝說文軘輷也一曰輷也一曰車相避謂之輝 驒山海經太行山有獸狀如驒騾四角
而距名曰驒騾 獋山犬也人面而毛 緷周禮十羽謂之緷一曰百羽 鼲說文
鼠出丁零胡皮可作裘 鞎⿰車艮車革前也或作⿰車艮 涃慖〔三〕涃鬱熱皃 鯤大魚
名 昆混闕人名漢有屬國公孫昆邪或作混 梡博雅梡枝也 芸香艸
揮掄全而不破 婫女字 蔉蔉蒲艸名 ○昆公渾切說文同也一曰明也後也又姓文
四十四 罤⿱日弟說文周人謂兄曰罤或作⿱日弟通作昆 惃博雅惃慦〔四〕亂也 ⿰⿱罒黑欠⿰魚⿱罒欠〔五〕
⿰角⿱罒欠說文昆于不可知也或作⿰魚⿱罒欠⿰角⿱罒欠 幝褌帍裩說文幒也或作褌帍裩 崐

〔一六〕揚
〔一七〕虔
〔一八〕卵
〔一九〕⿸鹿昆
〔二〇〕鵾
〔二一〕雞名
〔二三〕齎　⿱雨鼎

崐崘山名或書作崑 琨瑻〔十六〕說文石之美者引虞書楊州貢瑤琨或从貫 錕赤金謂之
錕鋙 焜服虔〔十七〕曰明也 ⿱艹罤⿱艹⿱日弟菎說文艸也或〔十八〕从⿱日弟从昆 䖵蜫䐊說文
蟲之總名也或作蜫䐊通作昆 鯤⿰魚罤⿰魚⿱罒昆卵〔二十〕爾雅鯤魚子或作⿰魚罤⿰魚⿱罒昆卵 騉野馬
屬爾雅騉蹄趼〔廿一〕善陞甗 箟竹名 猑獸名也大犬也 ⿸鹿昆〔十九〕鹿屬 鶤鵾鳥名說文
鶤雞也爾雅雞〔廿二〕三尺爲鶤一曰陽溝巨鶤古之雞名或从昆 混緄混夷西戎名或作緄通作
昆 鼲博雅鼠屬 婫女字 餛餦餛餅也 ⿰石昆鍾病聲 緷百羽也 輥
車轂齊等皃 齎〔廿三〕⿱雨鼎齊人謂雷曰齎籀作⿱雨鼎 跟踵也 ⿱罒歀罔也 ○温
烏昆切說文水出犍爲涪南入黔水一曰媪也和也又姓亦州名文二十五 𥁕昷說文仁也

〔二四〕宫　〔二六〕柱　〔二七〕殙　〔二八〕𤬴瓞　〔二九〕柱　——　〔三〇〕婚昏　〔三一〕惛　〔三二〕歆　〔三四〕閽

从皿以食囚也宫〔二四〕溥說隸省　輼　說文臥車也一曰後因載喪飾以柳翣遂名喪車　⿰馬昷　⿰馬昷驪良馬　豱　爾雅豕奏者豱謂〔二五〕令豱豬短頭皮理腠蹙　縕　赤黄間色　韞　韣也　⿰鹵昷　戎鹽　榅　杉〔二六〕也　煴　博雅殙〔二七〕煴病也一曰極也　瘟　疫也　⿰昷阝　鄉名在廣陵縣名在蜀　𤬴　博雅𤬴〔二八〕瓞也瓜屬　薀　蘊藻水艸　⿱昷鳥　⿱昷鳥鵞匹鳥也沈重說　媼　女字　⿰日昷　日出而溫〔二九〕　蝹　蝹蝹動也　⿱艹饂　方言饒也　褞　褞褐衣也　瑥　闕人名晉有翟瑥　榅　根〔三〇〕也　熅　⿱熅心　煇煴火微或从恩　○昏昬旦　呼昆切說文日冥也从日氐省氐者下也一曰民聲古作旦文二十三　婚〔三一〕𡟭　說文婦家也禮娶婦以昏時籀作𡟭〔三二〕　怋怋惽〔三三〕　說文怓怋也或作惛　歆〔三三〕　歆歆不可知也　殙殙顝　說文瞀也一曰未名而死曰殙或作殙顝　閽〔三四〕

〔三五〕隸　〔三六〕婚　〔三七〕緍　〔三八〕滑　〔四〇〕髡髡也　〔四一〕尻　〔四二〕刓　〔四三〕髮　〔四四〕垽

說文常以昏閉門隸〔三五〕也　棔　合棔木名俗轉爲合歡　㱪〔三六〕　矜也莊子以黄金注者㱪　緍〔三七〕　爾雅綸也一曰合也盛也　暋　悶也莊子〔三八〕慰暋沈屯　㖧　㖧㖧目所不見　痻　病也　⿰亻昏　闇也太玄闡諸幽惽　涽　涽涽未定皃　睧昏　目暗也亦省　○坤巛𡿦〔三九〕　枯昆切說文地也易之卦也从土从申土位在申古作巛𡿦文十四　顐　說文無髮也一〔四〇〕曰耳門　顐　大〔四一〕頭　髡髡　說文髡髮或从元　臗髖　博雅臗尻也一曰髀上或从骨　⿰豸昆　⿰豸昆貇齫　齧也減也或作⿰豸昆貇齫　刓〔四二〕　刊木枝也　○倱　吾昆切說文人姓文七　顐　顐顐禿也　㛹　女〔四三〕字　覠　視也　䯻　剪髮也　瘒　癡也　梱　木名爾雅髡梱　○垠圻垽〔四四〕　五斤切博雅垠也或从斤古作垽亦書作垦文六　泿　水名　痕　博雅腫也

〔四六〕奔　〔四七〕趨　〔四八〕大　〔四九〕其　〔五〇〕鵏　〔五二〕吒　〔五四〕賁

鞎車革前飾〔四五〕曰鞎○奔〔四六〕犇䠙逋昆切說文走也一曰堂上謂之步門外謂之趨〔四七〕中庭謂之走天〔四八〕路謂之犇古作犇或从足文十四　賁勇而疾走曰虎賁亦姓　鵏山海經太行山有鳥狀如鵲白身赤〔四九〕尾六足名〔五〇〕曰鵏鵏　驙[馬奔]馬走或从奔　鐼錛平木器或从奔　本〔五一〕喻德宣譽曰本走　僨僨驕不可禁之勢　[黑奔]黑也　渀水急也　蟦蟦也南方人播以羞

○歕鋪魂切說文吹氣也文四〔五三〕　噴說文吒〔五二〕也一曰鼓鼻　濆巽水也通作噴　渀水急也○盆瓫步奔切說文盎也又姓或作瓫文十　[山盆]山形似盆〔五四〕　葐葐蒀艸名　[盆鳥]鳥名博雅鶻鵃鳻鳩也或省　湓汾水名在潯陽一曰水溢也或省　[口盆]吐也　衯衣長好皃○門謨奔切說文聞也从二戶象形文二十八　捫說文撫持也引詩莫捫朕舌

〔五五〕瑞　〔五六〕虋　〔五九〕悗　〔六〇〕吊　〔六三〕瑨督　〔六四〕氏

[毛滿]〔五五〕說文以毳爲繝色如虋故謂之[毛滿]虋禾之赤苗也引詩毳衣如[毛滿]　璊玧㻴說文玉經色也禾之赤苗謂之虋言璊玉色如之或从允从免　樠說文松心木　[米滿]粥凝　虋〔五六〕

虋[麻亹]樠說文赤苗嘉穀也或作虋[麻亹]樠　亹[氵亹]山絕水也一曰浩亹縣名在金城郡　怋惛怋怋不明也亂也悶也或从昏　[昏頁][昏頁][民頁]〔五七〕說文繫頭殟也謂頭被繫無知也或从昏亦省　汶〔五八〕汶濛沾辱也離騷受物之汶汶　菛菛冬艸名通作虋　婚督也　[走昏]行遲皃

悗〔五九〕吊〔六〇〕服　[蠻鳥]山海經崇丘山有鳥狀如鳧一翼一目相得乃飛名曰〔六一〕[蠻鳥][蠻鳥]　瞞瞞然慙皃　[女民]〔六二〕矜也莊子以黃金注者[女民]　悶悶然不覺〔六二〕皃一曰有頊〔六三〕悶也○孫蘇昆切說文子之子曰孫又姓文十六　猻猴猻獸名　搎㨰捫也或从廾　蓀〔六五〕蕵荃蓫

〔六七〕蜻　孫

〔七二〕窾　木

蓀說文香艸或从巽亦作荃蓀蕵　飧餐說文餔也謂晡時食或作餐通作飧〔六八〕　𣗥公𣗥木名　飱䬭爾雅䬭〔六九〕蘩蕪郭璞曰似羊蹄葉細或从飧　蟓方言蟓〔七〇〕蚋南楚謂之蛀蟓　浚水沃飯曰浚〔七一〕　○村麤尊切援也聚也通作邨文五　邨說文地名〔七二〕　邨鄉名　澊水名　爨爨爨鼎欲沸皃〔七三〕　○尊尊罇墫甎租昆切說文酒器也从酋廾以奉之周禮六尊以待祭祀賓客之禮或从寸从缶从土从瓦通作樽尊一曰高稱文十二　鐏戈戟底　嶟山高皃　鷷西方雉名　繜說文薉貉中女子無絝以帛爲脛空用絮補核名曰繜衣狀〔七四〕如襜褕　踆蹲也莊子踆於窾水　樽林木盛皃　瀳水至也　○存徂昆切說文恤問也一曰在也文十一　澊水皃　蹲踆俊說文踞也或作踆古作俊

〔七五〕鄢

〔七七〕古

〔七九〕鐔

〔八〇〕摮

〔八一〕而

〔八二〕惃心

〔八三〕噂

鷷西方雉名　踆以足逆蹦曰踆　拵据也　袸衣帶爾雅衿謂之袸　郁洊郁〔七五〕鄢縣名在犍爲或从水　○敦都昆切說文怒也詆也一曰大也勉也誰何也文二十五〔七六〕　惇𨗪說文厚也右〔七七〕作𨗪通作敦　𩟔貪食　墩平地有堆者　鐓鐏也通作錞　𩓣　𦵰艸名或从敦　𡼖山皃　驐字林去畜勢也　礅石可踞者　瓡陶器似甌者通作敦　盩盂也　弴弫說文畫弓也或从民　郭地名　褽衣褚　鶉鳥名莊子鶉居而鷇食　蜳蟪蜳氣不安定也〔八〇〕　蟞蝜蝺蟲名青蚨也　錞鐓錞釪如鐘以和鼓或〔七九〕作鐓　犉牛名　橔枯也　摮擊也〔八一〕　○暾朏他昆切日始出〔八二〕皃亦作朏文二十一　憞敦憞恨必不明也或省　燉火色一曰燉煌郡名　𠻹哼噋說文口氣也引

詩大車哼哼隸作哼〔八四〕或从敦　⿰虫敦　蜳　⿰虫敦蜳蟲名似蟬而長或省　⿰火𦎫　焞　說文明也引春秋傳焞燿天地一曰灼龜炬隸作焞　⿰黄黄　黗　黄色或从屯　黗　博雅黑也　涒　汭　說文食已而復吐之引爾雅太歲在申曰涒〔八五〕灘史作汭　⿰月敦　⿰月享　月光也或省　⿰目享　視不明

炖　風而火盛皃　○屯〔八六〕　徒渾切聚也又姓通作敦「也」文四十一　軘　說文兵車也

沌　小〔八七〕流皃一曰沌沌愚也　吨　吨吨言不明也　忳　憂也亂〔八八〕也　訰　多言也　黗　黄色

肫　飩　⿰麥屯　⿰米屯　腒肫餌也或从食从麥从米　⿺瓜屯〔八九〕　⿰品瓜⿺瓜屯瓜〔九〇〕屬　坉　艸土塡水曰坉一曰田隴

純　包束也詩白茅純束　邨　地名　窀　瘞也穴中也　庉　居〔九一〕也　⿺彖又　豚　說文小豕也从彖省象形从又持肉以給祀祠或作豚豘㹠⿺辶彖通作肫

豘　㹠　⿺辶彖　⿸尸兀

〔八六〕乇「乇」

〔八七〕水

〔九〇〕豕　祀祠

脽　臀　臋　說文髀也或〔九二〕作脽臀臋　啍　噋　口氣也或从敦　燉　火色也　敦　大一曰敦煌〔九三〕郡名　⿰𦎫殳　撴　⿱殿骨　說文榜也博雅从手或从臋　焞　灼龜火也　炖　火盛皃

芚〔九三〕　木始生皃揚子春木之芚兮一曰菜名似莧一曰愚芚無知皃　⿴門屯　闐門也　⿱雨屯　大雨

⿰風屯　風皃也　遯　逃也　囤　麇〔九四〕也　○論　盧昆切說文議也文十一　陯　說文山阜陷〔九五〕也

崘　崑〔九六〕崘山名或書作崙　踚　行皃　掄　說文擇也　輪　舟名　菕　菕蕗香艸名

惀　說文欲知之皃　侖　昆侖天形　婨　女名　綸　經綸也　○⿰耳攴　儒昆切使也文一

⿸麻香〔九七〕　奴昆切香也文二　渜　濡湯也

二十四○痕　胡恩切說文胝瘢也文九　拫　艮　掀　博雅拫攎引也或作艮掀　鞎

〔九三〕芚

〔九四〕麇

〔九五〕陷

〔九七〕〇

〔二〕爊　〔三〕袄　〔四〕阮

〔一〕齌 艸　〔二〕寒

〔三〕韓

〔四〕榦 幹

〔五〕邗

說文車革前曰鞎 橋 平量木 肎 贏小皃莊子其脰肎肎 跟䏰 足後也或从肉

○根 古痕切說文木株也文五 跟𣥺 說文足踵也或从止 珢 石之似玉者 則

削也 ○恩 烏痕切說文惠也文六 衮煾爊 說文炮肉以微火溫肉也或作煾爊亦書

作袄阮也 蒽 艸名出日南 嫕 女字 ○吞 他根切說文咽也亦姓文三 蘋 黃色 [illegible]

二十五 ○寒齌寒 河干切說文凍也从人在宀下从茻薦覆之下有仌又姓古作

齌寒文二十八 韓韓榦幹 說文井垣也从韋取其帀也隸省或作榦幹一曰韓國名亦姓

邯 說文趙邯鄲縣 邗 說文國也今屬臨淮一曰本屬吳 汗 可汗戎酋稱 [illegible] 艸名

〔六〕艸　〔七〕駿

〔八〕雗

〔九〕鼾

〔一〇〕輡 [illegible]　〔一一〕刊

爾雅葴蕪漿郭璞曰今酸漿也 驝 馬多皃 頇 顢頇大面皃 韓 白韓艸名 駿 膜也

𩋰 獸豪也 翰 天雞羽有五色者 鶾 鶾音肥雉名以祀神通作翰 雗雗 雗鷽

鳥名即山鵲知來事者或省 鶾 駭鶾馬名一曰馬毛長也 豻犴 胡地野犬或从犬

虷 井中赤蟲 蹇蟓 蟲名蹇蟮蚯蚓也或作蟓 馯 東夷別種名亦姓漢書有馯臂

奤 大口也 ○頇 虛干切顢頇大面文三 鼾 臥息也吳人謂鼻聲爲鼾 嫨 老嫗

皃一曰怒也 ○看輡 丘寒切說文睎也从手下目或从輡文十 刊 說文剟也 栞

栞 說文槎識也引夏書隨山栞木或从幵 靬 弓衣也乾革也 腈 脂腈坼也 臤 堅也

漧 燥也 頇 頭無髮皃 ○干 居寒切說文犯也一曰㵎也水涯也扞也亦姓文二十九 戰

博雅樀戰盾也通作干　迂說文進也[一二]一曰遮也　忏說文極也　奸　姧說文犯[一三]也亦作姧　乾　漧燥也或从水通作干　肝說文木藏也　竿說文竹梃[一四]也通作干　杆僵木也　飦燥飯　攼求也得也　玕　琿說文琅玕也引禹貢雝州球琳琅玕古从旱　榦井上木　盂博雅盂謂之盤[一五]　邗越之别名通作干　鄿說文地名　汗餘汗縣名在豫章通作干　芉蔽芉艸名　雃　鳱雃鴠鶡也知未來事者或从鳥　旰日行也晚也　虷蟲名一曰犯也　矸石皃甯[一六]戚歌曰南山矸　釬器也一曰急也莊子有緩而釬　幹正也　犴野犴獸名　○安於寒切說文靜也又州名亦姓文八　侒說文宴也　鞌說文馬鞁[一七]具或書作鞍　盦博[一八]雅盦殘盂也　郊當陽里名　峖山名　侹股也

[一二]遮
[一三]婬
[一四]梃
[一五]槃
[一六]甯
[一七]鞁
[一八]盞　盂

鴳鳥聲　○豻　犴俄干切胡地野犬或从犬文六　雁鳥名雝鶡也　[一九][illegible]山高皃亦姓或書作[illegible]　忓博雅善也一曰秦晉謂好曰忓　犴止牛也　○[illegible]　[illegible]相干切脂肪也或作[illegible]文十三　跚　散蹣跚行不進皃或作散　珊說文珊瑚色赤生於海或生於山　姍好也一曰誹謗也　[illegible]竹器　[illegible]地名　戔狹少意[二〇]　狦闕漢有單[二一]于稽侯狦　[illegible]豕名　黵蠻黵色下　删削也　○餐　湌　囋千安切說文呑也或从水亦作囋俗作湌[二二]非是文九[二三]　[illegible]舟名　[illegible]　[illegible]魚名或省　[illegible]　[illegible]竹籤也或从粲　[illegible]白[illegible]稻名　○戔財干切說文賊也引周書戔戔巧言一曰戔戔多也通作殘文十五　殘餘也　奴叡[二四]說文殘穿也亦作叡　[illegible]害物貪財也　努殺害也故从奴从力　[illegible][二五]

[二二]飡
[二三]干
[二四]叡
[二五]殂

〔二六〕帗　〔二七〕曰　〔二八〕高　〔三〇〕筐　〔三一〕轥 輞

朘說文禽獸所食餘也或从戔　帴帬也帗也婦人脅衣也　盞博雅盞盞盂也　㥇枝也　殘鷙攫急疾皃揚子鷹隼殘殘　䕼艸名　淺水流皃　戕外殺曰〔二七〕戕　○單多寒切說文大也一曰隻〔二八〕也文十六　襌〔二九〕說文衣不重通作單　殫說文殛盡也通作單　𡹡山孤者曰𡹡或書作嵒　丹甘彤說文巴越之赤石也古作甘彤丹亦姓又州名　簞說文笥也漢律令簞小筐〔三〇〕也引傳曰簞食壺漿　匰說文宗廟盛主器也引周禮祭祀共匰主　癉勞病也　𨏩𨏩轠車名　鄲說文邯鄲縣　𦡫胝肫謂之𦡫　彈射也　勯力竭也　苒艸名　○𤅮灘他干切〔三一〕說文水濡而乾也引詩𤅮其乾矣或从隹文二十一　撣持不堅也　貚獸名貙屬　潬水中沙出通作灘　擹攤手布

〔三三〕擎　〔三四〕歎　〔三七〕檀　〔三九〕檀　〔四〇〕行　〔四一〕样 縶　〔四二〕帶　〔四三〕嬗　〔四四〕歎

也或从難亦書作攤　擹搫〔三三〕擹婉轉也　歎嘆太息也或从口　嘽說文喘息也一曰喜也引詩嘽嘽駱〔三四〕〔三五〕馬　譂譂誕言〔三六〕不正　譠方言譠謾惑語　嬗緩也　疹博雅疹疹疲也　幝車敝皃詩檀車幝幝　漢太歲在申曰涒漢通作灘　墠寬也　癉勞病　驒馬青白文曰驒　驙駏驎謂之驙　○壇唐干切說文祭場也文三十　䃪石壇也　檀〔三九〕說文木也亦州名又姓　彈弙〔四〇〕丸射也一曰糾也或〔四一〕从丸　撣觸也太玄撣擊其名〔四二〕一曰西南夷國名　襢爾雅襢裼肉袒也　繟滯緩也　㾶疫病　癉風在手足病　僤疾也明〔四三〕也　繵繩也一曰紫色　儃說文何〔四四〕也　但語辭也辭之固也亦姓　胆口脂澤也　唌嘆也　誕彈誕語不正　聅軍法以矢貫耳曰聅　驙博雅白馬

〔四五〕檀
〔四六〕闌
〔四八〕抵
〔四九〕嚂　或从
〔五〇〕盛
〔五一〕㦨　〔五二〕媥　〔五三〕雜
〔五四〕摶

黑脊驙　驒驎驒青驪馬　蟺鼉水蟲名似蜥蜴或作鼉　鱣魚名　貚說文貙屬
鷤雉子　單闕姓也鄭有櫟邑大夫單伯通作擅〔四五〕　灘爾雅太歲在申曰涒灘　憚驚怛也
蘭艸名　躝踰也　○闌〔四六〕郎〔四七〕干切說文門遮也一曰晚也希也失也文二十五
[illegible]說文妄入宮掖〔四九〕也通作闌　讕譂讕語不正　躝踰也　讕譋說文詆〔四八〕讕也或从間
㘓方言㘓哰謰謱拏也通作讕　欄閑也通作闌〔五〇〕　欗木名桂類　蘭說文香艸也亦州名又姓〔五一〕
籣韊說文所以成弩矢人所負也或从革　爤爛光色或从蘭
[illegible]賤也　襴襽衣與裳連曰襴或省　斕斒〔五二〕編斕色襍〔五三〕也或作斒　〔五四〕瀾漣說文大波爲瀾或从連
灡說文潘也通作瀾　糷爛飯相箸爾雅摶者謂之糷或从蘭　暕

〔二〕桓
〔三〕[illegible]

陰乾也　○鸈難〔五五〕䳲離雖雖那肝切說文鳥也一曰艱也又姓或〔五六〕从隹古作難鸈離雖雖文八
[illegible]艸名　○籛子干切姓也文一　○[illegible]知干切蟲名从展省文一
二十六○桓胡官切說文亭郵表也一說〔漢法亭部四角建大木貫以方板名曰桓〔表一曰木名似柳一曰桓威也又姓文五十
梡木名可食　瓛說文瓛圭公所執通作桓　捖捖摩工治玉也　完說文全也　丸說文圜傾側而轉者从反仄　𡟓說文丸之孰也
𡿺博雅𡿺瘸病也一曰𢾍𡿺失藏　寏院說文周垣也或作院　峘岏峞爾雅小山岌大山峘〔四〕或从丸从完亦書作[illegible]
洹博雅洹洹流也一曰水名在齊魯間　汍

〔五〕緩　〔六〕垸　〔九〕席　〔一〇〕萑　〔一一〕兔　〔一二〕莧羱　〔一三〕爪擨　〔一四〕「谻亭名」谷曼谷丸

汍瀾泣皃 絙說文緩也〔五〕 紈說文素也 綄船上候風羽楚謂之五兩 垸〔六〕補也以桼和灰而鬃〔七〕也通作丸 芄雚〔八〕說文芄蘭莞也引詩芄蘭之枝爾雅作雚 莞說文艸也可以作蓆〔九〕 ⿱艹睆艸名說文夫蘺也郭璞曰今西方人呼蒲爲睆蒲江東謂之苻蘺通作莞 荁艸名似菫葉大 萑〔一〇〕萑艸名說文蓷也或省 萑說文鴟屬从隹从𦫳有毛角所鳴其民有旤或名木兔〔一一〕 鷒鷒專鳥名 鵍鵍鶨鳥名鳥喙蛇尾 莧〔一二〕羱羦說文山羊細角者或作羱〔一三〕羦 豲獂貆說文逸也引周書豲有爪而不敢以㩧博雅豕屬一曰邑〔一五〕名在天水或作獂貆 脘博雅脯也〔一四〕一曰骨脂 谻谷曼谷丸亭名 麂鹿三歲也〔一六〕 鵍鶨鵍鳥名 貆說文貉之類 粯粉餌 狟說文犬行也引周書尚狟狟 麮女麴也小麥爲之一名麬子 查

〔一九〕二　〔二二〕鴅　〔二四〕寬　〔二五〕也

說文奢查也 睆〔一七〕地名在舒 垣𩫨宣墉也古作𩫨或作宣 烷火也 蒝艸名 ○歡懽𩟩〔一八〕嬽𡣉呼官切說文喜樂也或从心古作𩟩或作嬽𡣉文二十七〔一九〕 䚆 嚾說文呼也或作嚾 讙說文譁也 酄𨽁說文魯下邑引春秋傳〔二〇〕齊人來歸酄或〔二一〕作𨽁通作驩 驩說文馬名 鸛鵍說文鸛專畐蹂如鵲短尾射之銜矢射人或从完 鴅鳥名人面鳥喙 腸〔二二〕腸吺四凶之一通作鴅今通作驩 貛貛獾貆貒說文野豕也爾雅狼牡貛亦作貛獾貆貒通作犿 奞奞〔二三〕方言始也化也或作奞 犿連犿相從皃 蠸蟲名守瓜也 臛山海經帶山有獸其狀如馬一角有錯名曰臛疏 粈白米濡巜也 ○寬〔二四〕完枯官切說文屋寬大也一曰緩也古作完文四 髖臗說文髀上〔二五〕

〔二七〕冂　〔二八〕从　〔三〇〕悺　〔三一〕篧　〔三三〕毋　〔三五〕嶠

或从肉　○官冂〔二七〕古丸切說文吏事君也从宀从𠂤𠂤猶衆也古作冂文二十五　倌詩傳主駕人也　冠𢄐說文桊也所以桊髮弁冕之緫名也从〔二八〕从元冠有法制以寸徐鍇曰取其在首故从元或作𢄐亦姓　觀〔二九〕䨜𧢦視也古作䨜𧢦　悹憂也亦書作悺　懽憂無告也　棺寀說文〔三一〕關也所以掩尸〔三〇〕古作寀俗作琯非是　涫說文灊也酒泉有樂涫縣　莞艸名一曰東莞地名亦姓　鵍鵜鵍鳥名　雚鸛水鳥也或从鳥　篧竹杆　毋〔三二〕說文穿物持之也从一橫貫象寶貨之形　貫〔三三〕穿也易貫魚以宮人寵徐邈讀　管管人掌館舍之官　〔三四〕雚艸名爾雅〔三五〕雚芄蘭謝嶠讀　莞蒲類　䓛艸名　琯石似玉　○剜刓烏丸切削也文十四　惋裁餘也　捥掔捖也或作掔　婠說文

〔四〇〕淅　〔四一〕瓻

體德好也　眢說文目無明也一曰廢井　埦穴也　𧯷豌說文豆飴也一曰蹓豆博雅作豌　倇〔三七〕歡也　蜿𧊢〔三八〕博雅蜿蜿蝹蝹動也亦作𧊢　睕睕睕深目皃　○岏吾官切巑岏山銳皃文二十三　忨貪也　𧿳蹟𧿳蹲也　𩨗博雅𩨗骬也　𩚵餌也　刓冠說文剸也一曰齊也或作冠　园抏圜削也莊子园而幾向方或作抏　𧕳再蠶也通作螈　𠒝〔三九〕兔子也　𤛎野牛名角可爲韋材　黿大鼈　貦貉屬　蚖毒蛇　螈原蟲名蠑螈析易也或作原通作蚖　杬博雅椹也〔四〇〕　䍚羱羦野羊名或从原从元　妧女字　芫艸名　○潘鋪官切說文淅米汁也一曰水名在河南滎陽又姓文十　番番禺縣名在南海　𨣹醭𨣹醬醋敗　𤮭𤮭故〔四一〕甑也　𢋼峙居也　𤻮病死也　拌

〔四二〕𩭾 鞶

〔四三〕華

〔四六〕往

方言楚人凡揮棄物謂之拌俗作拚非是 墦冢也 嬏女字 姍醜也 ○〔四二〕播逋潘切博雅蕫也一曰部也文九 般般說文辟也象舟之旋从殳所以旋也一曰移也亦數别之名古从攴 褩衣表也吳俗語 〔四三〕華籓說文箕屬所以推棄之器也官溥說吕靜作籓又姓 𢋾儲物也〔四四〕 ⿱竹般⿱竹般籛竹名一曰捕魚笱入而不可出 半中分也 ○槃鎜盤柈蒲官切說文承槃也古从金籀从皿或作柈文四十二 般弁卞爾雅樂也或作弁卞通作槃 ⿱髟般說文臥結也 ⿱般目說文轉〔四五〕目視也 搫說文擊獲不正也一曰除也 蹣⿰足般跘蹣跚跛行皃亦作⿰足般跘 胖大也禮心廣體胖 媻博雅媻媻〔四六〕在來也一曰奢也 ⿱般黑說文⿱般黑嫚下色 瘢說文痍也 幋說文覆衣大巾或以爲首鞶 鞶鞶說文大帶

〔四七〕髦

〔四八〕絣

〔四九〕隿

〔五〇〕鶡

〔五一〕臭

〔五三〕回

〔五五〕廿

〔五四〕彥

〔五六〕节

也引易或錫之鞶帶男子帶鞶婦人帶絲或省 縏小囊也 ⿱般足屈足也 縏緐絣馬韅〔四七〕上飾春秋傳縏纓以朝或作緐絣〔四八〕 磐碑大石一曰山石之安者或作碑 膰大腹 磻溪名〔四九〕一曰以石箸堆繳也 番番和縣名在張掖郡 ⿱竹般⿱竹般篣竹筤一曰捕魚笱 ⿱艸般艸名 ⿰犭般⿰犭般狐犬短尾 ⿱般鳥山海經〔五〇〕北囂山有鳥狀如烏人面名曰⿱般鳥鶡夜飛晝伏郭璞曰鵂鶹屬 螌負螌臭蟲〔五一〕通作盤 蟠大也曲也委也一曰龍未升天謂之蟠 鄱趙地 繙亂也〔五二〕冤也 瀊水洄〔五三〕也 拌弃也 彥〔五四〕大也常也 皤馬作足橫行曰皤易賁如皤如董遇〔五五〕說 ○瞞謨官切說文平目也一曰目不明亦姓文五十一 㒼說文平也从廿五行之數二十分爲一辰兩㒼平也 节〔五六〕說文相當也 漫水廣大皃 謾說文

〔五八〕頇　〔六一〕遅　〔六三〕欲

〔五六〕欺也〔五七〕皃　悗慢惑也或从曼　慲說文忘也一曰慲兜也〔五九〕　顢顢頇〔五八〕大面　鬘髮
鬗說文髮長也　[衤曼]胡衣也　蹣踰也　㙢墁土覆或〔六〇〕作墁　[走曼]行遲〔六一〕也
優健也　鞔說文履空也一曰覆也　浼汚也孟子汝〔六二〕安能浼我　[面免]塗面　[曼皮]
皮也　曼曼曼長也俗作曼非是　[石曼][石曼]欲〔六三〕亭名在上艾　[耒曼]偏種皃　蔓蔓菁艸名
蕪菁也　羉爾雅彘罟謂之羉　樠木名　[米㒼]粥凝　[米曼][米曼][米曼]飯澤　饅[麥曼]饅頭
餅也或从麥　[酉㒼][酉曼]醭[酉㒼]醬醋敗或从曼　縵[曼攴]無文也或作[曼攴]　鏝槾墁
說文鐵杇也〔六四〕或从木从土　鄤鄭邑名　[雨曼]雨露〔六五〕濃皃　獌[犭㒼][豸㒼]獸名似貍或作
[犭㒼][豸㒼]　蟃蟲名　鰻[魚㒼]說文魚名或从㒼　[宀曼]穴黑皃　閩蠻別種周禮七閩

〔六六〕汙　〔六七〕相
〔六八〕麐
〔六九〕鑽　〔七〇〕祖　〔七一〕髡
〔七二〕欑　〔七三〕祖
〔七四〕轝　〔七五〕丸　〔七六〕也
〔七七〕皃　〔七八〕穳
〔七九〕篹
〔八〇〕梐　〔八一〕欑

〔六六〕衊汗也　矕視〔六七〕也　絻連也　○酸[酉畯]蘇官切說文酢也關東謂酢曰酸籒从畯文九
[齒夋]齒酸也　痠痛也　狻[豸夋]〔六八〕麑說文狻麑如虦猫食虎豹者或从豸从鹿　[艸酸]
艸名　[雨酸]說文小雨也　○鑽〔六九〕祖官切說文所以〔七〇〕穿也文八　劗吳人謂髡〔七一〕髮為劗
[贊攴]姓也　攢〔七二〕治擇也禮祖〔七三〕梨曰攢之通作鑽　轢[革贊]轒說文車衡三束〔七四〕也曲轅轢縛直
轅轝縛或作轒轒　撮乘載器尸子行險以撮　○爨七九〔七五〕切炊也〔七六〕禮以火爨鼎水也文
五　竄入穴也〔七七〕　攛擲也　鋑刀也　穳〔七八〕遙捉矛也　○欑徂丸切說文積竹杖
也一曰穿也一曰叢木文十六　[衤贊]補也　穳篹〔七九〕禾聚也亦作篹　菆梐積木以殯或作
梐〔八〇〕通〔八一〕作欑　轢[革贊]轒車衡三束或作轒轒　躦蹲躦跜聚足或作蹲　濽水集

〔八二〕偕　〔八四〕桃　〔八五〕⿰麦弋

皃　鄭聚居也百家爲鄭　巑巑岏山皃　劗剃髮也　僔皆〔八二〕也　○耑多官切說文物初生之題也上象生形下象其根也文十六　端說文直也一曰正也始也布帛六〔八三〕丈曰端通作耑又姓　竱博雅齊也　偳闕或曰人名　褍褍說文衣正幅或从端　⿰禾耑禾垂曰⿰禾耑　⿱竹鍴篅竹名博雅箹⿱竹鍴〔八四〕桃支也或省　⿱艹端艸名　鍴方言鑽謂之鍴　剬剸齊也　⿰角耑說文角⿰角耑獸也狀似豕角善爲弓出胡休多國　媏女字　⿰馬耑馬名　⿰山耑山名　○湍他官切說文疾瀨也文九　煓方言赫也一曰火熾盛皃　偳闕或曰人名　⿰黃耑說〔八五〕文黃黑色也一說⿰麦弋⿰黃耑梁四公子名　⿰黃貴⿰月貴黃色或作⿰月貴　貒猯說文獸也似豕而肥或从犬　褍衣寬也　○團専园塼徒官切說文圜也周禮作専莊

〔八六〕篔　〔八七〕⿰㡭酉　〔八八〕榑　〔八九〕並　〔九〇〕驐　〔九四〕九　〔九五〕亦　釆

子作园太玄作塼通作敦文三十四　敦揣聚皃或作揣　篿⿱竹叀〔八六〕說文圜竹器也或省　⿰㡭酉〔八七〕剸說文截也或从刀　⿰風專〔八八〕塼風也　慱爾雅慱慱憂也　摶⿰扌叀⿰扌團說文圜也謂以手圜之或省亦从團　漙⿱雨專⿰氵叀⿱雨叀漙漙露〔八九〕皃或作⿱雨專或竝省　檲大木　鄟邑名屬邾鄟　磚闕人名鄭有石磚　嫥嬗也　鷒鳥名爾雅鷒鶝鶔如鵲短尾射之銜矢射人　驐鷻鳥名說文雕也引詩匪〔九〇〕鷻匪鳶或省亦書作鷲　⿰米專⿰米團⿰米耑粉餌或从團从耑　蓴艸叢生　鱄螬山海經雞山黑水出焉其中有鱄魚狀如鮒而彘尾〔九一〕音如豚或从虫　槫柩車也　鏄鐵塊　○渜〔九二〕濡〔九三〕奴官切水名在遼〔九四〕西肥如南入海陽或作濡文二　○鸞盧〔九五〕九切鳥名說文赤神靈之精赤色五彩雞形鳴中五音文二十二　鑾

〔九六〕鑣

〔九七〕皀

〔九九〕柏

〔一〇〇〕日

〔一〇一〕傘

〔一〇二〕妄

〔一〇三〕虦

〔一〕丿

〔二〕潸

〔三〕箾

〔四〕咲

說文人君乘車四馬鑣八鑾鈴象鸞鳥聲和則敬也通作鸞 巒說文山小而鋭 欒灤說文漏流也一曰漬也或从欒亦書作灤 攣虊蘊說文鳧葵也或从䜌亦省 欒說文木似欄禮天子樹松諸侯柏大夫欒士楊一曰曲枅木一曰鍾兩角爲欒亦姓 臠癵臠臠臞也或作癵通作臠 𧀤說文欠皃一曰心惑不悟皃 矕說文曰昬時也 矕目昬 䜌亂也理也又南䜌縣名在鉅鹿古作𤔔 𨷲道入宮掖也 孿小臣主駕者 攣聚也擇也 罬網也 圝圜也 孌女字

二十七○刪師姦切說文剟也文八 狦博雅狼也惡健犬 姍闌單于名 潸說文涕流皃引詩潸焉出涕 箾博雅箾謂之劗 姍毀也漢書姍咲三代 郿

〔五〕絲

〔六〕以

〔七〕擱

〔九〕韋

地名 𢙁嫉利口也 ○關閞姑還切說文以木橫持門戶也一曰通也亦姓或省俗作関非是文十三 𢍰說文織絹从糸貫杼也 瘝病也 擐貫也 喧嚾喧喧和鳴也或从䜌通作關 聯聯聯視皃 鉉所以舉鼎也 欄手相關付也太玄欄神明而定摹

莞睆艸名可爲席或从睆 孌女字 ○彎關貫烏關切說文持弓關矢也左氏傳作關或作貫文十二 灣水曲也 𠜾削也 潫潫潫水深廣 欒曲木

圞圞潫水勢回旋皃 𩂯吳王孫休子名 蠻蠨蠻蟲曲息皃 𩋎大𩋎里名在洛陽 孌女字 ○檈數還切閞門機也文二 栓貫物也 ○還胡關切說文復也文三十 環瑗說文璧也肉好若一謂之環或从爰又姓 鐶金環也 鍰

〔一二〕轘　〔一三〕撲劃
〔一四〕牲
〔一五〕睔
〔一六〕患也弊
〔一七〕向

說文鋝也引虞書罰百鍰一曰金六兩爲鍰 寰 寰內天子畿內也 闤 市垣也 轘〔一二〕 轘轅關名在緱氏縣通作環 韋 大韋里名在洛陽呂靜說 剨 樸剨縣名在武威 澴

還 水名亦曰漩澴水瀆起皃或从還 郇 國名周武王子所封〔一四〕亦姓 〓 說文屋北瓦下一曰維綱也 鬟 屈髮爲髻 〓 禽繞飛也 瞏 睔〔一五〕 大目皃或作睔 糫

〓 餌也粔籹吳人謂之膏糫或从麥 〓 〓堵謂面一堵墻也通作環〔一七〕 嬛 女字

〓 說文馬一歲也从馬一絆其足亦書作〓 〓〔一六〕〓 山海經句山有獸其狀如羊而無口不可殺名曰〓或作〓 圜 繞也 懁 辨急也莊子有順懁而達 〓 水鳥名紅白深目目旁毛長亦書作〓

〓 堅也 ○跧 阻頑切伏也文一 ○奻 尼還切說文訟也文一

〔一八〕吳
〔一九〕姓
〔二〇〕髾　〔二一〕相
〔二二〕橦
〔二三〕瘴　〔二五〕鬭
〔二四〕𤸷
〔二六〕關

○姦姧悬 居顏切說文私也一曰僞也或作姧古作悬文九 葌 說文艸出〔一八〕戻林山 蕑 蘭也亦〔一九〕妙 菅茾 說文茅也古作茾亦姓 奸 犯淫也 諫 諢也 ○

馯 丘顏切馬青黑色亦姓文四 豻 胡地野犬 鬝〔二〇〕 寡髮也 〓 〓〔二一〕也 ○

顏〓〓 牛姦切說文眉目之閒也籀作〓或作〓亦〔二二〕姓文六 〓 木名〔二三〕如橦 豻 胡地野犬

〓 〓〓〔二六〕爭皃 ○〓〓 吾還切痹也或作〓〔二四〕文三 狠 說文犬〔二五〕鬬聲 ○豩 呼開切說文二豕也文二 懁 性戾也 ○班辬 逋還切說文分瑞玉一曰次也别也或作辨亦姓文二十三 辬斑〓貴 說文駁文也或作斑〓古作貴通作般 頒 說文大頭也一曰鬢也引詩有頒其首一曰賜也通作朌 朌 顒顮謂之朌 般 還也通作

〔二七〕魚　〔二八〕非

〔二九〕穫

班䰉髮半白扳引也春秋傳扳隱而立之𢍏說文賦事也鳻方言鳩秦漢之間其大者謂之鳻鳩螌說文螌蝥毒蟲也攽說文分也引周書乃惟孺子攽㼌瓜瑞磐石名獙獸名玢玉文彬文采明也𣯷㲜毲罽也甲水名出越巂縣須〔三〇〕文班也禮笏大夫以魚須文竹○𠬞披班切說文引也或作攀扳隸作𠬝亦書作攀文九攀扳𠬝眅說文多白眼也引春秋傳鄭游眅字子明或作𥈡盼美目也眅爾雅大也砏砏磤石聲○蠻謨還〔三一〕切說文南蠻蛇種亦姓文十六鵉

鵉山海經有鳥如梟一翼一目相得乃飛名曰鸞鵉或省獌狼屬似狸或作𧳋𧳅謾博雅謾台懼也𥢍稻名鬘髮美皃𦋐〔三二〕畫車輪也𥌢目暗也𥌢

〔三三〕且　〔三二〕蔬

〔三四〕遲

〔一〕閒　〔二〕气撤

〔四〕槮

〔五〕嗌

〔七〕禿　〔八〕韗

日旦〔三三〕昏也蔓〔三二〕蔓菁蔬名徐邈說𧼮說〔三四〕文行遲也孌女字㒼當也平也○趯巨班切行傴也文三犍牛角曲彉弓曲皃○肦步還切片也〔二〕文一

二十八○山師間〔一〕切說文宣也宣氣散〔四〕生萬物又姓文五疝腹痛也屾〔三〕說文地名訕謗也汕魚摻也○𥻦棧山切魚龍身濡滑者或說蛟將齧人〔五〕齕以𥻦被之齧死者𥻦著身厚尺許以鐵刮之乃散夏后所藏龍𥻦是也文一○𤟹充山切犬噬也文一○

潺鉏山切潺湲流水皃文七虦〔六〕獸名爾雅虎竊毛〔七〕謂之虦貓或書作戲孱弱也𨭖趙魏謂小鑿爲𨭖鬝髮禿皃𨍏〔八〕輞也墘墘門聚名在睢〔九〕陽○譠託山切博雅譠謾緩也文一○虥昨閑切說文虎竊毛謂之虥貓文三孱〔一〇〕詐也呻也墘墘門聚名

[一三] ⿴囗粦　[一四] 也

[一五] 丈

[一八] ⿰盧凡 ⿺走盧　[一九] 膝

[二〇] 岠

[二一] 从閑

[二二] 眂

○斒⿰并攵辬逋閑切斒斕色不純也或从并亦作辬文八⿰王扁玢⿰王扁璘玉文或从
分虨⿸虍林說文虎文彪也或从彬省俗作彲非是鯿魚名○斕⿰粦文離閑切斒
斕色不純或从粦文四[一四]⿰目闌視[一二]皃潾水皃[一三]困潾○儃知山切走[一五]蕆也文二譠譠謾
欺語○獮[一五]文山切獮猭獸走皃文一○窀除鰥切穴中皃文一○𡄵尼鰥切𡄵𡄵語
聲[一七]文二⿰鼠虎暖也○⿰盧凡虪[一八]⿰盧凡⿺走盧切⿰盧凡⿺走盧[一九]膝病文一○⿺走盧⿰盧凡⿺走盧膝病文一
○閑何[二〇]閒切說文闌也一曰止也以木距門一曰法也習也文十九閒安也隙也通作閑
憪說文愉也一曰靜也或作憪嫺說文雅也或从閑瞯說文[二一]戴目也江淮之間謂眄曰瞯又姓或作覸
癇說文病也或从歺騆馬一

[二三] ⿰馬間

[二四] 蜪

[二五] 礭　[二六] ⿰車真　[二八] 辛

[三〇] ⿰柰卩

[三二] ⿰堇壴

目白曰騆[二三]二目白曰魚或从閑鷳鷴鳥名說文鴟也一曰白鷳或从閑蕑艸名蛝
爾雅蛝馬蚿一曰蝮[二四]蝸也一曰蚍蜉子贒博雅轒贒擊也一曰莖餘艸橺木名慳
老人智也○羴虛閑切羊臭也文[二七]一○掔丘閑切說文固也引詩赤舄掔掔文二十⿱臤革
博雅固[二五]確擊也慳說文悋也⿰車真說文車[二六]⿰車真鉉也⿺辶閑過也婜說文美也辛[二八]罪也臤
說文堅也𧾷越越蹇行皃[二九]顅說文頭鬢少髮也一曰長脰皃覵覸說文很視也齊景公
之勇臣有成覵者或作覸髯說文鬢禿也羥羊名或作羫⿰牛巠牛䣛下骨
䨙見雨而止息曰䨙獌獸名蕑艸名肩膊也○間居閑切說文隟[三一]也[三二]
也一曰近也中也亦姓古作閒文十三艱囏𡎼艱說文土難治也或作囏𡎼古作

〔三四〕𢬵

〔三五〕黫黰

〔三六〕般

〔三七〕色

〔三八〕嘫

〔三九〕犬

鬜蕑博雅蘭也又姓覵視也揠〔三四〕揠也軒黎軒國名硍鍾高聲鉉所以舉鼎　澗山夾水曰澗○黰黫〔三五〕黰於閑切黑也或作黫黰文九殷〔三六〕赤黑色春秋傳左輪朱殷　羥說文羣羊相積也一曰黑羊　牰牼牛尾包謂之牰或作牼　漹水名　喠〔三八〕嘫〔三九〕語聲○訮牛閑切諍語也文十一　齗㘖齗齗爭訟也或作㘖　㺗㺗犬爭曰㺗或从閑通作狠㘖　圁縣名　虤說文虎怒也　狠獸名　嚚語聲　䇾羷羊臭或作羷○湲胡鰥切潺湲水流皃文二　睆睆睆窮視皃○嬛透鰥切容媚也文一○鰥鱞姑頑切說文魚也一曰丈夫六十〔四〇〕無妻曰鰥古作鱞文七　鰥犂釬也　綸說文青絲綬也又姓　淪姓也古有泠淪氏　瘝病也　矜丈夫

六十無妻曰矜通作鰥鱞○辧薄閑切瓜中實也沇重說文一○頑〔四一〕五鰥切說文𩕄頭也春秋傳心不則德義之經爲頑文二　𤸎痺病

集韻卷之二

楝亭藏本丙戌九月重刊于揚州使院